NIKELEN WITTER

As aventuras de Miss Boite
e outras histórias a vapor

1ª Edição
2024

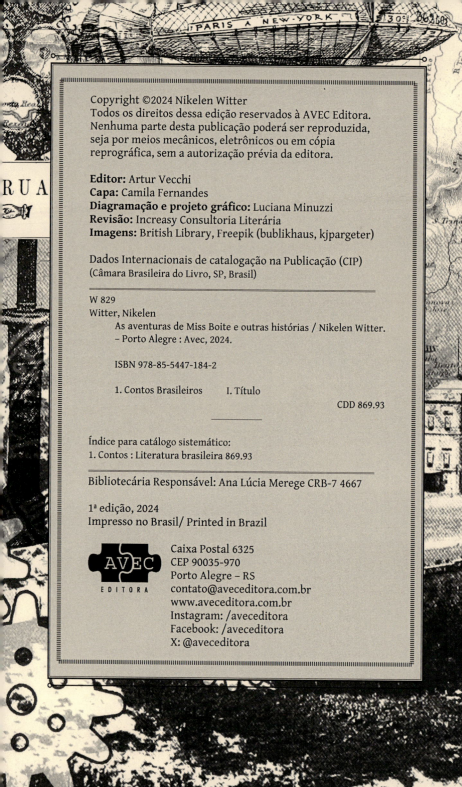

Copyright ©2024 Nikelen Witter
Todos os direitos dessa edição reservados à AVEC Editora. Nenhuma parte desta publicação poderá ser reproduzida, seja por meios mecânicos, eletrônicos ou em cópia reprográfica, sem a autorização prévia da editora.

Editor: Artur Vecchi
Capa: Camila Fernandes
Diagramação e projeto gráfico: Luciana Minuzzi
Revisão: Increasy Consultoria Literária
Imagens: British Library, Freepik (bublikhaus, kjpargeter)

Dados Internacionais de catalogação na Publicação (CIP)
(Câmara Brasileira do Livro, SP, Brasil)

W 829
Witter, Nikelen
    As aventuras de Miss Boite e outras histórias / Nikelen Witter.
    – Porto Alegre : Avec, 2024.

    ISBN 978-85-5447-184-2

    1. Contos Brasileiros   I. Título

                                                    CDD 869.93

Índice para catálogo sistemático:
1. Contos : Literatura brasileira 869.93

Bibliotecária Responsável: Ana Lúcia Merege CRB-7 4667

1ª edição, 2024
Impresso no Brasil/ Printed in Brazil

Caixa Postal 6325
CEP 90035-970
Porto Alegre – RS
contato@aveceditora.com.br
www.aveceditora.com.br
Instagram: /aveceditora
Facebook: /aveceditora
X: @aveceditora

Sumário

A Pedra ou uma Missão para Miss Boite 10
Não Confie em Ninguém Quando a Revolução Vier.... 42
O Assassinato da Rainha Vitória 62
Vingança 84
Pena e o Imperador 116
Mary G. 132

PREFÁCIO

Quando eu tinha 12 anos inventei uma brincadeira. Eu gostava de propô-la nas festas do pijama cheia de meninas na minha casa e, mais tarde, virou um mote de conversa com casais de amigues. A brincadeira era pensar sobre o que você seria se *você não fosse você*. Ou seja, se você não tivesse a sua criação, a sua ética, os seus pudores, suas travas. Não se tratava apenas de escolher uma profissão — tipo: astro do rock —, a ideia era escolher mesmo outra visão de mundo, um comportamento que, talvez, você até ache errado, mas que sua sombra adoraria ter.

Pegaram a proposta? Pois é. Eu sempre escolhia a mesma personagem. Eu queria ser uma ladra internacional de joias, artes e segredos. Mas não qualquer ladra. Eu desejava ser invisível, alguém que ninguém soubesse exatamente como era. Uma pessoa que não marcasse, que pudesse ser o que a situação pedia: homem, mulher, criança, velha. Eu poderia me espremer em qualquer espaço, falar línguas com sotaque regional, teria habilidade de abrir fechaduras com grampos e cartões de crédito, seria brilhante intelectualmente e meu corpo seria completamente maleável.

Minhas inspirações foram Ársene Lupin e Le Chevalier d'Éon. O primeiro, invisível. O segundo se vestia de mulher em suas missões. O primeiro literário. O segundo real. Ambos sagazes ao extremo e muito habilidosos. Mais adiante, travei conhecimento com algumas ladras igualmente incríveis, como a Mulher-gato e a Tracy Whitney.

Porém, sejamos honestas? Eu não tenho nenhuma dessas habilidades. Minhas tentativas com grampos e fechaduras, felizmente só resultaram em grampos quebrados (que a deusa me livre se fosse uma fechadura!). Não sou exatamente maleável e minhas inclinações para Robin Hood nunca foram suficientes para que eu me achasse com coragem para enfrentar a lei (ou minha mãe e meu pai).

Acontece que sou boa em contar em histórias, então, num momento impreciso, minha brincadeira de adolescência fez nascer Miss Charlotte Boite. Ela se apresenta assim, mas tenho certeza de que não é inglesa e não sei se ela é mulher ou homem ou o que for. Miss Boite é absolutamente não binária, mas adora coisas bonitas e não é exatamente um Robin Hood. Sua ética é só sua e ela nunca perde de vista o fato de que é uma consumista e que o dinheiro que ganha vem do seu gosto pelo risco e pelas pilhas de caixas decoradas vindas das melhores lojas de Paris.

Seu primeiro nome — Charlotte ou Charles — acredita-se vir de uma tradução de um nome original, mas não se sabe em qual língua estava. Boite não é um sobrenome comum. Ela o buscou na família de ninguém menos que Lady Macbeth (afinal, uma ladra de arte tem que amar o teatro elisabetano, não é mesmo?).

Desde a primeira vez que Charlotte apareceu em um conto meu, eu sabia que iria escrever mais sobre ela. No momento, são os quatro contos que compõem essa pequena coletânea. Mas, nunca descarto que venham mais. Charlotte pode ser invisível para suas vítimas, mas nunca para sua criadora. Aqui, nos espaços em que ela habita na minha mente, sempre haverá outra aventura. E mais outra. E mais outra.

Contudo, na hora de montar a coletânea, achamos melhor que Miss Boite viesse acompanhada. E muito bem acompanhada. Para isso convidamos o imperador Pedro II e Mary Shelley, que estão em dois contos bônus: *Pena e o Imperador* (o mesmo Dr. Pena que aparece em dois dos contos da Miss Boite); e *Mary G.* (conto finalista do Prêmio Hydra em 2014).

Espero que apreciem a viagem.

A PEDRA OU UMA MISSÃO PARA MISS BOITE

— Sente-se bem, mãe?

Ana Joaquina piscou lentamente antes de responder.

— Não.

— Está enjoada? Seria estranho, pois você não enjoou a viagem toda — argumentou o garoto. Ela, no entanto, não teve tempo de responder.

— Sua mãe está ótima, Luiz — disse Serafim Magno, aproximando-se da amurada do navio. Era um homem alto, maciço, com um daqueles bem penteados bigodes de escova. — Todo este mau humor é porque ela detesta vir à Corte, não é mesmo, minha querida? — completou com óbvia intenção de irritar ainda mais a esposa.

A mulher não se voltou para encará-lo. Continuou com os olhos fixos nas vagas, pensando que, se sua má vontade para com a cidade do Rio de Janeiro fosse todo o problema, ela o resolveria em duas tardes de compras na Rua do Ouvidor. Também preferiu não olhar para o filho, Luiz Serafim, que naquele instante, muito provavelmente, lhe jogava a mesma expressão de incompreensão de todos. "Ora, não gostar do Rio de Janeiro", diziam. "Como se isso fosse possível!" Olhavam-na como uma insana que babava e, no minuto seguinte, passavam a discorrer sobre as maravilhas da cidade. Ana Joaquina não discordava de nenhuma delas, apenas não gostava do Rio, sem mais. Algo na cidade a deixava tonta e irritada desde a primeira viagem. Depois, quando ela substituiu a mãe na Irmandade dos Cavaleiros do Sol, a sensação apenas piorou. O dr. Thompson, grão-mestre do grupo (ao qual seu marido também pertencia), dizia que isso era fruto do refinamento de sua sensibilidade. Suas palavras eram de que Ana Joaquina jamais haveria de gostar de um lugar onde circulassem tantos traidores. Lembrou-se do velho mago inglês sentado em seu consultório e falando-lhe entre uma baforada de charuto e outra:

— Eles estão cada vez mais atraídos por nossas grandes cidades, minha cara, como moscas ao melado. Veja: é lá que estamos acontecendo, progredindo. É lá que eles podem ver nossas invenções, conhecê-las, aprenderem o que podem. É onde conseguem observar o gênio humano em sua plenitude. Quando jovem, Londres causava-me a mesma impressão ruim, depois...

— Não sou nenhuma menina, Robert.

— Mas é mulher — respondeu ele.

Ana Joaquina se empertigou.

— Não me venha com a conversa de que as mulheres são mais suscetíveis, Robert.

O homem lhe deu um meio-sorriso.

— Oh, não. Não a insultaria. Tampouco à sua inteligência. Falo de... Ora, Ana Joaquina, o fato é que as mulheres perdoam menos. É disso que falo.

O barco oscilou e Serafim Magno colocou a mão sobre seu ombro direito. O peso da mão grande do marido não a confortou como em outras épocas. Pelo contrário. Ana Joaquina se desviou dele num movimento longo em direção à cabine.

— Vou descer e me aprontar para o desembarque. Quanto mais rápido formos a terra, mais rápido poderemos partir dela.

Não que Ana Joaquina estivesse confortável com a pequena guerra instalada entre ela e Serafim Magno, porém também não estava em sua vontade acabar com ela. Seu marido tinha a perfeita noção do perigo que corriam e recusara auxílio. Sabia de seu desgosto em vir à Corte e, ainda assim, os voluntariara para aquela viagem. Sabia que ela achava um desatino trazer com eles o único filho, mas insistira para que o menino os acompanhasse. "Prefiro que Luiz Serafim fique sob meus olhos", dissera ele. Pois sim! Dezesseis anos antes, o filho mais velho deles, Achilles, estava "sob o olhar" do pai em uma missão da Irmandade no Paraguai e mesmo assim... Ana Joaquina reprimiu a dor com a habilidade e a amargura que os anos lhe haviam ensinado e protelou a saída do camarote até o navio estar devidamente ancorado no porto.

Juntos, tinham a aparência de uma família sonhada por um retratista ao descerem a rampa para o cais. Serafim Magno envergava um terno cinza claro. O tipo de coisa que ele gostava de usar para dar ênfase ao próprio tamanho. Luiz Serafim usava um terno semelhante e um chapéu com o qual pretendia parecer mais velho. E, mesmo sendo uma senhora de alguma idade, Ana Joaquina era uma mulher de grande impressão. Possuía uma afetação estudada que servia para disfarçar seu mais evidente defeito: o de não baixar a cabeça em nenhuma situação. As pessoas que transitavam por ali, contudo, não pareciam interessadas em examinar o quadro formado pela família do sul. Não quando havia dois carros, sem capota, com motor de combustão interna parados na saída do cais. Um homem de fala empolada que descia a rampa atrás deles comentou, admirado, que um protótipo do mesmo estilo estava sendo testado na Europa, mas que jamais imaginara ver algo assim no Brasil.

— Quem será que eles vieram buscar? — perguntou Luiz, cheio de assombro, aos pais.

— Ora, "quem?" — trovejou Serafim Magno, bonachão. — Nós!

— Nós? Quer dizer que iremos andar *nisso*?

— Com certeza que iremos, filho.

Luiz Serafim nem conseguiu responder. O queixo caído e o olhar maravilhado eram respostas claras. O riso do pai tinha som de satisfação.

— Você não viu nada ainda, Luiz. Acredite: não viste nada.

Um dos motoristas dos carros se adiantou. Saudou-os com um uniforme de galões dourados, um quepe sob o braço esquerdo e uma reverência quase militar. Era negro e usava botas. O segundo motorista ficou mais atrás, como quem não conhece bem o serviço; parecia menos à vontade nas roupas, um pouco maiores que sua figura franzina, tinha olhos claros e o jeito desconfortável dos imigrantes recém-chegados.

De imediato, uma carta lacrada foi da mão do primeiro motorista para a de Serafim Magno, que a abriu e leu rapidamente.

— Nosso anfitrião nos manda suas boas-vindas e lamenta que os negócios não lhe tenham permitido vir em pessoa. Colocou os automóveis à nossa disposição, bem como os motoristas — ele se interrompeu para dar um breve sorriso para Luiz, que parecia a ponto de regredir às palmas de tanto prazer. Voltou a fechar a carta e encarou a esposa. — Ficaremos no palacete da Glória, como se fosse "casa nossa". Palavras dele — frisou. — A carta informa que ele se deslocou para sua chácara nas Laranjeiras, a fim de nos deixar mais à vontade. Excelente, não é mesmo, minha querida?

Ana Joaquina concordou sem a mesma efusividade. O motorista, então, ajudou a senhora e o rapaz a embarcarem no automóvel e foi — juntamente de Serafim Magno e o segundo motorista — desembarcar e colocar as bagagens no carro auxiliar.

— Afinal — começou Luiz, depois que os homens se afastaram —, quem é nosso anfitrião?

Ana Joaquina abriu o leque, obviamente impaciente com o clima quente e úmido.

— É um conhecido de seu pai. Seu nome é Gaspar Afonso de Abarca.

— Quem é ele? — insistiu o rapazote.

— Um homem muito rico.

— Isso eu deduzi pelos carros — retornou Luiz, fazendo um gesto amplo com o braço.

A mulher lhe deu um breve sorriso.

— Você está muito impressionado com isso, não, Luiz? Mas, acredite, Serafim tem razão: você ainda não viu nada.

— Fala como se ele fosse mais rico do que foi o Visconde.

— Ah, com certeza. Eu creio que Abarca é ainda mais rico do que Mauá o foi em sua melhor época.

— E como nunca se ouviu falar dele? — Desta vez, o meio-sorriso educado de sua mãe veio sem resposta, mas com um olhar cheio de significados que Luiz compreendeu.

— Parece-me que você não gosta muito dele.

— Não se trata disso. É apenas... um preconceito.

— Que preconceito?

— Contra homens ricos cuja origem da riqueza me é desconhecida.

Os dois silenciaram com a aproximação dos dois motoristas carregados de bagagens e de Serafim Magno, que se instalou no banco em frente ao deles. Após colocar as bagagens no segundo carro, o motorista que os saudara assumiu o volante do veículo deles e deu ignição. O motor sacolejou e bufou alto, assustando Luiz antes de fazê-lo sorrir.

— Menos barulhento que o do Otto, não? — comentou Serafim Magno, alteando a voz para o motorista.

A PEDRA OU UMA MISSÃO PARA MISS BOITE

— Meu mestre fez alguns ajustes, como eu lhe disse, senhor. Aliás... — O homem olhou para trás. — ...teremos alguma velocidade, senhora, seria bom se protegesse seu chapéu. E, jovem senhor, nesse compartimento ao lado do banco encontrará *goggles*, digo, óculos de proteção para todos.

O caminho do cais do porto ao palacete da Glória se revelou mais interessante do que Luiz supunha inicialmente. Mesmo seus pais lhe pareceram impressionados com os rumos que a modernização da Corte vinha tomando. Os bondes cruzavam por eles a grande velocidade, mas o motorista, de nome Manoel dos Anjos, disse que, se quisesse, o carro poderia ultrapassá-los ou mesmo apostar uma corrida. Isso, porém, atrapalharia o passeio. A cada rua, a cada novo boulevard, a cada praça, a capital da província na qual Luiz nascera e crescera mais e mais lhe parecia um vilarejo, um quisto de atraso num mundo que já era o futuro. Luiz não compreendia sua mãe, agora menos do que de costume. Como alguém podia não gostar de estar imerso em tudo aquilo? Quase podia sentir a fumaça das fábricas ao longe lhe entrando nas veias junto à velocidade do automóvel e todo aquele movimento frenético que o cercava. Queria ver tudo ao mesmo tempo e seus olhos não davam conta. Sentia que nunca mais iria querer ir-se embora dali.

E stavam instalados havia dois dias no palacete — um sobrado luxuoso, cheio de confortos inusitados como a presença de um elevador entre seus três andares, luz elétrica em todas as dependências, aquecimento a gás para a água dos banheiros e para as cozinhas. Havia instalação telefônica e aparelhos em todos os cômodos importantes, com exceção dos quartos. Serafim Magno já havia conversado umas duas ou três vezes com Gaspar de Abarca, que ligara para saber se estavam bem alojados e se os empregados lhes forneciam todo o conforto e suporte necessários na cidade. Entre os dois foi marcado um jantar para o terceiro dia de sua estada, quando o anfitrião receberia a família Tolledo Leite em sua chácara, que era vizinha à propriedade de Sua Alteza, a princesa imperial.

A empolgação de Luiz com o encontro viu um obstáculo surgir à hora do desjejum do dia combinado. Um dos criados trouxe um envelope que havia sido entregue por um mensageiro e endereçado à Ana Joaquina. De início, o rapaz deu pouca atenção ao ocorrido, mais ocupado em provar os bolos à mesa. Contudo, alguma coisa na forma dura da postura do pai e um leve tremor na mãe o fizeram pensar que algo não casual ocorria.

— Está tudo bem, mãe?

— Sim, meu querido. Está tudo bem.

— O que era? — insistiu Luiz, apontando para o envelope roxo que jazia entre os dedos de Ana Joaquina. Uma das prerrogativas de seus dezesseis anos era, enfim, poder inquirir os pais quando estes eram evasivos. Ao menos até que um deles o mandasse calar-se.

— Oh! Nada de mais. Um contato que eu estava esperando. — Ela largou o lenço de boca sobre a mesa, encerrando o desjejum. — Infelizmente, creio que não conseguirei ir com vocês ao jantar de nosso anfitrião.

Serafim Magno encarou a esposa com alguma surpresa.

— O que diz o bilhete?

— Apenas um horário e um local. Hoje, à meia-tarde. Farei o possível — explicou Ana Joaquina —, mas talvez não consiga retornar em tempo para acompanhá-los até Laranjeiras.

— Creio que isso seria uma grande desfeita ao sr. Abarca — retrucou o marido, contrariado, e Ana Joaquina reagiu num tom duro e despropositado aos olhos de Luiz.

— Devo lembrá-lo, senhor meu marido, de que a ideia de nos colocar nesta viagem não foi minha, mas sua. E que, estando aqui, cada um de nós deve cumprir com seus deveres, os quais não incluem jantares retóricos com Gaspar de Abarca no topo da lista das prioridades!

Luiz olhava de um para outro sem entender do que falavam. Não era a primeira vez que se deparava com debates misteriosos entre os pais. Também não era a primeira vez que via sua mãe se impor daquela maneira. E era um tanto assustador ver Serafim Magno — que sempre falava alto, usando seu tom ameaçador para que todos cumprissem suas vontades — recuar daquela maneira: calando-se e desinflando. Em vista da atitude do pai, Luiz achou melhor não fazer mais perguntas. Contudo, a curiosidade foi maior e ele não descansou até conseguir colocar as mãos no tal envelope. Teve êxito logo após o almoço, quando os pais se recolheram para descanso.

Ana Joaquina havia colocado o pequeno recado, dobrado, em sua caixa de cartões de visita, deixando-a adentro de sua bolsa, no estúdio que havia ao lado do quarto em que estava hospedada. O que Luiz encontrou não acrescentou nada aos seus conhecimentos. O bilhete tinha realmente apenas a indicação do local: Café Paris, o dia e a hora do chá. Impressionou o rapaz o fato de o bilhete estar impresso. Quem se daria ao trabalho de imprimir um simples recado? Junto dele havia um cartão de visitas em papel verde, escrito (e não impresso) numa desconcertante letra roxa: Miss Boite. E nada mais.

O rapaz ficaria ali, tentando entender como aquele envelope havia provocado a celeuma da manhã, não fosse o par de vozes alteradas no quarto ao lado. Ele largou imediatamente a caixa de cartões de visita e foi encostar o ouvido à porta que separava os dois cômodos.

— Ainda sou um dos anciões, Ana Joaquina. Deve reportar todas as suas ações a mim.

— Robert é o grão-mestre.

Serafim Magno fez um barulho semelhante a um rosnado.

— Thompson está é a semear a discórdia entre nós, isso sim.

— Ah, essa é nova — ironizou ela. — Então tem dúvidas sobre a correção das atitudes do líder de nossa Irmandade? Deveria colocar isso em nossa próxima reunião.

— Não estou colocando as atitudes de Robert em dúvida! Apenas me é difícil entender por que você tem conhecimentos que se sobrepõem aos meus. Por que ele está a estimular segredos entre nossa gente e por que é você o contato desta missão?

— Vamos colocar as coisas em seus reais termos, Serafim, e não nos seus. O lugar que ocupo na Irmandade é o que foi de minha mãe, e não o de sua esposa. Esta posição tem prerrogativas que nem mesmo a sua empáfia pode desdenhar. Segundo, você sabe que todo o segredo existente é somente uma segurança e que, por isso, o contato irá se encontrar apenas com um de nós. Além disso, o contato exigiu que fosse uma mulher a lhe dar as coordenadas da missão. Quer, agora, se acalmar e baixar a voz antes que atrapalhe a missa no outeiro da Glória?

O silêncio que se seguiu foi um tanto constrangedor, ao menos para Luiz. Sua mãe era uma mulher determinada, mas vê-la se insurgir com tal veemência, duas vezes no mesmo dia, e ainda saber de seu pai calando, era-lhe demasiado assustador. Não se impressionara tanto com a revelação de que ambos participavam de uma sociedade secreta. Já ouvira falar bastante sobre coisas daquele tipo, e mesmo sonhava que os mistérios que notava em seus pais tivessem a ver com isso. Contudo, por todos os santos, o dr. Thompson! Saber que o velho e tranquilo doutor estava envolvido em tais coisas tinha potencial de o deixar impressionado por décadas. A curiosidade de Luiz naquele momento era tanta que ele se disporia a se desfazer de alguns de seus pertences mais queridos apenas para saber com o que seus pais estavam mexendo.

Descartara a maçonaria de pronto, pois esta não admitia mulheres e, por vezes, os pais levavam os filhos muito cedo para estes grupos o que, provavelmente, o incluiria. Pelo jeito que sua mãe havia falado, a tal sociedade a que pertenciam só admitia um membro a substituir outro. Seu estômago embrulhou quando pensou que, um dia, ele estaria no lugar de seu pai ou sua mãe, já que seus dois únicos irmãos eram falecidos.

— Afinal... — A voz do pai voltou a trovejar, embora mais controlada, do outro lado da porta. — ...quem é essa "*Miss* Boite"?

— Eu realmente não sei. Nem Robert sabe. Ela lhe foi indicada por um dos núcleos da Irmandade na Europa. Ela... digo "ela", mas... bem...

— O quê?

— Ninguém sabe de fato.

— Realmente?

— Ah, sim. Trata-se de uma personagem, imagino, bem peculiar; e "*Miss* Boite" é tão somente um de seus vários nomes.

Naquele instante, jantar com Gaspar de Abarca deixou de ter qualquer interesse para Luiz. No entanto, junto de seu pai — contrariado e com cólicas de curiosidade — ele seguiu para Laranjeiras naquela tarde, depois de ter visto sua mãe sair no carro com o segundo motorista em direção às ruas centrais da cidade do Rio de Janeiro.

Ana Joaquina fez questão que o alemãozinho a conduzisse ao centro. O outro era muito mais dono de si e esperto, ladino dos lugares e das pessoas, e poderia fazer perguntas que ela não queria. Fê-lo largá-la à entrada da Rua do Ouvidor. Alegando a estreiteza da rua e o excesso de pedestres, ordenou que a esperasse ali.

O Café Paris estava entre os mais frequentados da Rua do Ouvidor, embora não fosse, àquela estação, o número um entre os elegantes, literatos e gentes a quem se deve imitar. Mesmo assim, encontrava-se bastante movimentado. Ana Joaquina confiou que ninguém daria muita atenção a uma velha dama da província e, portanto, sua passagem não seria marcada por nenhum dos inúmeros fofoqueiros de plantão da rua mais observada e viva de toda a capital.

Da porta era possível ouvir os violinos, tocados por um quarteto instalado no fundo do salão. As conversas em burburinho elevado se uniam ao tilintar da louça e, a quem chegava, ficava a impressão de que a sinfonia desprendia da opulenta iluminação a gás, frente à qual as pessoas pareciam tão menos interessantes. Um garçom se adiantou para receber Ana Joaquina e ela lhe passou o cartão de *miss* Boite. O homem pediu que ela aguardasse por um momento, a fim de verificar se sua companhia já havia chegado. Alguns minutos depois, ele retornou e a conduziu em direção ao segundo andar.

Ninguém precisou apontar *miss* Boite para Ana Joaquina. Não se tratava de uma figura discreta, mesmo não sendo alta ou exuberante. Numa mesa próxima à janela, sem a menor intenção de não ser vista, a franzina *miss* Boite se sobressaía pela forma de vestir, estudada para solapar sua natureza pouco significativa. Usava roupas inclassificáveis: calças risca de giz com sapatos masculinos em cor vermelha presos por polainas; um colete marroquino sobreposto por um redingote carmesim, cortado em pelica; ao pescoço, um cravat roxo com alfinete de esmeralda e uma cartola da mesma cor, porém enfeitada com uma renda negra, muito feminina. O rosto de tez trigueira e singular também era pouco classificável, alternando ares de uma jovem mulher com os de um rapaz.

— *Miss* Boite? — perguntou Ana Joaquina em tom formal.

— Charlotte, por favor — respondeu-lhe com simpatia enquanto lhe estendia a mão. Um sotaque leve, tão indefinível quanto sua aparência e sua voz, pontuou o cumprimento. — É a senhora Maia, presumo?

Ana Joaquina assentiu ao nome falso e se sentou na cadeira que lhe era oferecida pelo garçom. Pediu um chá completo para as duas e dispensou o homem. Ana Joaquina imaginava que se seguiria um silêncio constrangido ao ficar a sós com tão inusitada criatura, porém *miss* Boite parecia deveras à vontade. Ela reforçava sua atitude dândi com movimentos e olhares, e saiu no ataque tão logo Ana Joaquina a encarou.

— Parece um tanto chocada, sra. Maia. Não sou, obviamente, o que esperava — comentou em voz baixa.

— Imaginava que, com sua atividade, fosse um tanto mais... discreta.

Miss Boite sorriu.

— Enquanto as pessoas olham minhas roupas, preferem inventar exotismos ao meu rosto a prestar real atenção nele.

Ana Joaquina se desconcertou com a reposta.

— Acha mesmo que quando estiver "a trabalho" não será reconhecida?

Charlotte molhou os lábios na pequena taça de licor à sua frente com um ar divertido.

— Diga-me, sra. Maia, pode descrever o garçom que a conduziu até aqui?

— Como?

— O garçom. O homem que a guiou da porta de entrada até esta mesa. A senhora seria capaz de descrever seu rosto ou porte ou mesmo a cor ou os traços dele?

A pergunta estonteou Ana Joaquina. Por que ela daria tanta atenção à fisionomia de um serviçal? Isso apenas aconteceria se fosse muito necessário, ou se a criatura em questão fosse, de algum modo, chocante. Contudo, sua inteligência lhe dizia que Charlotte estava correta em sua aposta. Afinal, seu trabalho era, justamente, não despertar a atenção de gente como Ana Joaquina.

— Eu posso lhe garantir, sra. Maia — principiou a outra, bastante satisfeita com sua inaptidão para responder à pergunta. — Esta mesma incapacidade de lembrar ocorre em relação à minha pessoa quando estou trabalhando. Agora... — Ela aprumou o corpo. — ...vamos aos negócios: o que a senhora e seus amigos querem que eu apanhe e com quem?

A chegada do chá atrasou a resposta de Ana Joaquina que, desta vez, fez um esforço consciente de remarcar o rosto de cada serviçal. À saída destes, ela foi clara e objetiva, deixando a voz abaixo do burburinho do salão:

— Queremos uma pedra, uma... joia. — Ana Joaquina estendeu um retrato de um camafeu, aparentemente ampliado a partir de uma foto anterior, em que o adereço deveria ter aparência mais discreta. A joia contava com uma pedra em losango sobre uma armação em metal e presa à roupa de alguém.

Charlotte olhou com atenção. Depois, abriu o casaco e dele retirou um par de óculos e o colocou sobre os olhos. A jovem criatura — apesar dos modos e do nome, ainda era difícil chamá-la de mulher — analisou detidamente a fotografia sob o auxílio de suas lentes; por fim, dando-se por satisfeita, retirou os óculos e devolveu o material para Ana Joaquina. A mulher mais velha continuou a dar as informações:

— A joia chegou da Europa há pouco. Está, no momento, em poder do conselheiro João Alfredo Correia. Estivemos monitorando para saber se ele daria essa pequena peça à esposa ou para alguma amante. Como ele não fez isso, imaginamos que ele pretenda passá-la adiante. Precisamos da joia antes que isso aconteça.

— E o que é esta pedra, afinal?

Ana Joaquina registrou ela ter nomeado a pedra e não a joia, mas manteve a fleuma.

— Eu lhe disse, é uma joia valiosa.

Charlotte lhe deu um sorriso muito feminino e se voltou para explicar com paciência:

— Sra. Maia, eu já estou há tempo suficiente na ativa para saber que não se contrata uma profissional do meu gabarito para roubar um simples camafeu.

Ana Joaquina não esperava ser colocada na berlinda daquela maneira. Não tinha dúvidas de que a criatura com que lidava era uma profissional, mas ninguém lhe havia avisado o quão profissional ela era. Nem o quanto sabia e, por conta disso, resolveu não se fazer de tonta.

— Sejamos francas, Charlotte. O que você sabe e o que quer saber?

Miss Boite se jogou para trás na cadeira, abriu um porta-cigarrilhas e de lá tirou uma, que prendeu em uma piteira de marfim antes de acender. Só respondeu depois da primeira baforada, olhada com desaprovação pelas damas sentadas no mesmo salão.

— Sei que há grupos, como ao que a senhora pertence, espalhados pelo mundo todo e que todos estão preocupados. Também sei que esta preocupação vem aumentando nos últimos cem anos, junto ao aumento da tecnologia. Sei que querem barrar a saída desta tecnologia para o outro plano.

Desconfortável, Ana Joaquina reprimiu a vontade de gritar e endireitou a coluna. Todos os segredos, tudo o que ela, sua família e companheiros guardavam por incontáveis anos parecia jorrar da boca daquele... daquela dândi descuidada.

— Eu também posso lhe dizer que há pontos de vazamento. Gente que deveria trabalhar para barrar o acesso dos outros à tecnologia humana, porém faz o contrário e a vende.

— Os pontos de vazamento têm sido sistematicamente sanados — retorquiu, gelada, Ana Joaquina.

— Está certa disso? — Charlotte encarou-a num desafio. — Há um justamente no *seu* grupo, sra. Maia.

A sensação era de estar frente a frente com o próprio diabo — jovem, arrogante e em roupas coloridas, mas o diabo, com toda a certeza.

— Como sabe tanto?

Charlotte deu de ombros.

— Eu pesquiso antes de entrar em cada trabalho, sra. Maia. E já trabalhei com mais de um grupo como o seu. Não, não sou uma iniciada, mas sou capaz de juntar dois pontos em uma linha reta ou vários em um mapa de *territórios invisíveis* bem interessantes.

Mesmo tendo parado havia muito de tomar seu chá, Ana Joaquina se engasgou. Charlotte deu uma longa tragada em sua piteira e tornou a tomar o chá enquanto a outra se recompunha.

— Por que não tornou isso público? Por que não...?

— Sra. Maia, eu não sou do tipo de pessoa que quer esse tipo de fama. Não é bom no meu... ramo de atuação colocar meus clientes em maus lençóis. Isso inviabilizaria o meu trabalho e o meu lucro. E, posso lhe assegurar, eu gosto muito de ambos.

— Charlotte, eu não estou habituada a lidar com mercenários, mas sei como agem. Como posso confiar nas coisas que me diz?

— Bem, eu imagino que isso seja bem simples para uma mulher inteligente como a senhora. Fui-lhe indicada porque sou confiável, porque honro meus compromissos e porque, se assim não fosse, seus amigos, os mesmos que lhe deram meu contato, já teriam me matado. Sou boa no que faço, mas não sou... imortal.

As palavras causaram efeito, mas Ana Joaquina se recuperou num átimo e respondeu no mesmo tom afável e ameaçador que tantas vezes vira Serafim Magno usar.

— Não, com certeza que não.

Charlotte deu de ombros.

— Bem, se estamos esclarecidas, eu gostaria de saber mais sobre a pedra. Tenho o capricho de querer saber exatamente o que estou roubando. É um código de ética próprio, mas é um código. Não gosto de roubar coisas cujo lucro se resume à criação de problemas. Então, vamos parar de falar na joia e nos determos na pedra, que é o que importa.

Ana Joaquina pensou um pouco e retornou ao assunto.

— Eu dobro o seu pagamento.

Charlotte ergueu as sobrancelhas maquiadas.

— Para que eu não faça perguntas?

— Não. Pode fazer quantas perguntas quiser, eu as responderei. Quero saber quem é o responsável pelos vazamentos de tecnologia humana para o outro plano. Creio que suas habilidades investigativas também sejam préstimos vendáveis, pois não?

A outra se jogou contra o espaldar da cadeira.

— Não tenho nenhum nome para lhe fornecer no momento.

— Mas é exatamente por isso que eu pretendo pagar. Estou dobrando seu pagamento e o seu trabalho. A pedra e o traidor.

— Está certo — confirmou a ladra. — Eu lhe darei o nome do seu traidor 24 horas após lhe entregar a pedra.

— Por que esse tempo?

— Porque é o tempo que ele ou ela levará para tentar roubá-la da senhora. — Fez uma pausa, tornou a catar sua cigarrilha e insistiu: — Agora, que diabos é essa tal pedra?

— A chave para uma arma — respondeu Ana Joaquina, cujo cérebro atônito ainda lutava contra os termos daquela conversa. — Uma arma que pode ser usada contra toda a humanidade. Uma arma a nos devolver à infância de nossa espécie, aos lamentos, ao medo, à incerteza. Uma arma capaz de nos trazer de volta o pavor do trovão, de nos fazer cordeiros. Uma arma que, independentemente de estar nas mãos erradas ou certas, é apenas a semente do caos. Tudo o que crescemos em nossa limitada natureza humana, tudo o que lutamos para construir em termos de conhecimento, toda nossa caminhada em direção a um brilhante futuro de paz e entendimento será abortado. Os crentes desejarão que o sopro da vida não lhes tivesse sido dado. Os partidários do professor Darwin sentirão inveja dos símios. Fui clara?

— Eu diria que foi bem ilustrativa, mesmo não me dizendo que tipo de arma é.

— Eu não a impressionaria com a descrição. Por isso, achei melhor que entendesse o seu potencial.

A outra a encarou com firmeza por um instante.

— Terá sua pedra, sra. Maia.

Em torno de uma hora depois, quando Ana Joaquina já retornava ao palacete da Glória sacudindo no carro de Gaspar de Abarca, a conversa ainda a colocava em cólicas. Havia dias como aquele, em que ela mergulhava tão fundo nas verdades encobertas e não ditas do mundo que, mais do que nunca, compreendia o quanto ser ignorante a respeito de tudo aquilo poderia ser uma benção. Ainda assim, ela preferia ser uma das que sabia e não outra pessoa qualquer. Não confiava na reação da maioria dos humanos que conhecia o suficiente para acreditar que, se o véu caísse, a civilização ficaria intacta.

A noite e o dia seguinte mal permitiram que ela conversasse com Serafim Magno; os dois se tornaram prisioneiros do entusiasmo do filho com tudo o que vira na chácara de Gaspar de Abarca. O novo herói de Luiz era o mais inteligente, o mais agradável, o mais generoso.

Ana Joaquina suportou os "mais" o quanto pôde, levando em consideração a juventude e impressionabilidade do filho. Contudo, lhe era difícil pensar ou embarcar em toda aquela celebração de uma riqueza mal documentada, uma vez que sua cabeça estava ocupada com outra coisa. Com o roubo. Com quando e como seria. Se ela ouviria ou não falar dele. Uma queimação na boca do estômago passou a ser sua companheira dia e noite.

Três dias depois, Gaspar de Abarca foi visitá-los. Os criados haviam sido avisados pelo telefone e corriam pela casa como moscas desde o início da manhã. Um lauto almoço foi servido nos jardins do palacete e Ana Joaquina pôde, finalmente, conhecer o tão falado anfitrião. De fato, não poderia censurar o entusiasmo do marido e do filho pelo excêntrico Abarca. Poucas vezes se deparara com um homem tão encantador em toda a sua vida. Se fosse político seria eleito para qualquer cargo. O anfitrião riu deste comentário e lhe disse que o poder dos cargos não o seduzia.

Depois, convidou-os a irem ao Imperial naquela noite, assistir à lírica que se levaria lá. A noite avançava cedo para o padrão da família sulista e, pelas 17h, já precisando ligar os faróis do carro, o grupo partiu para a noitada. A presença de Abarca teve o condão de fazer com que Ana Joaquina relaxasse um pouco. O teatro faria o resto, imaginou. Então, logo à entrada, quando subiam as escadas, seu anfitrião parou para cumprimentar um homem baixo e franzino, com um bigode pouco imponente, quase juvenil. Abarca foi muito bem recebido pelo outro, que lhe apertou a mão. De um jeito muito natural, Gaspar se inclinou sobre a mão da esposa do homem e, depois, introduziu seus convidados na conversa.

— Imagino que não conheçam pessoalmente o conselheiro João Alfredo Correia de Oliveira — começou Abarca, fazendo com que Ana Joaquina estremecesse.

Seu ouvido mal acompanhou a sequência dos cumprimentos e sua resposta às perguntas feitas devia ter sido tão automática e tola que, agradeceu ao altíssimo, quando Serafim Magno assumiu a frente da conversação. Ficou tão absorta nas inúmeras possibilidades advindas daquele encontro que, quando se deu por conta, já estava acomodada no camarote do teatro. O conselheiro e a esposa ocupavam outra frisa, que ficava praticamente em frente à deles, apenas mais central.

Bebidas foram servidas no fundo do camarote e Luiz observava cada movimento escorado ao balcão, traindo sua índole de menino quando arregalava os olhos para algumas belas criaturas que circulavam na plateia. Num tempo que Ana Joaquina não sabia dizer se longo ou curto, o espetáculo começou, sem que ela pudesse lhe prestar atenção. Estava em uma aflição contínua.

Se a pedra estivesse na casa do conselheiro, então, aquele era o melhor momento para Charlotte agir. Talvez já estivesse agindo. Naquele instante! Mas e se ele a portasse consigo? Por todas as coisas sagradas, será que ela agiria ali? Será que usaria a multidão para se aproximar e o surrupiaria como um hábil batedor de carteiras? Estaria disfarçada? Como? Começou a olhar para os lados e, de súbito, se lembrou do comentário de Charlotte sobre os serviçais. Era isso? Em ato reflexo, passou a usar seus binóculos para avaliar os garçons que circulavam entrando e saindo de camarotes para colocar bebidas e levar cigarros. Contudo, teria ela capacidade para reconhecer *miss* Boite? Mesmo depois do encontro das duas, Ana Joaquina duvidava.

— O que é aquilo? — perguntou Luiz.

Ela demorou um pouco a notar que o filho se referia à orquestra. Um grupo no meio dos sopros se erguia e, literalmente, engatilhava os instrumentos, apontando-os para o público. As flautas viraram canos de tiro e sob os pistões foram acoplados tambores de balas. O mesmo para os oboés, só que com balas maiores. Os clarinetes ganharam tal peso que os "músicos" (ou sabe-se Deus o que eram) os colocaram sobre os ombros. Foi de um fagote que saiu o projétil em direção ao teto do teatro e calou o dueto entre a soprano e o tenor, substituindo-os por um coral de gritos. Um megafone de Edison apareceu em um dos cantos do palco, empunhado pelo que, à primeira vista, parecia ser um mero ajudante de cena.

— SILÊNCIO! — A voz pesada calou a todos, que também pararam de se levantar e tentar sair do local. O homem sobre o palco pareceu satisfeito. — Meus prezados senhores e senhoras, perdoem-nos por interferir no espetáculo (os que não são fãs de Massenet podem me agradecer depois). Isto — anunciou com calma — é um assalto. As saídas estão, neste momento, resguardadas por homens deste grupo vestidos de policiais, e há armas aqui que podem matar mais de uma pessoa de uma única vez. No entanto, é claro, se todos colaborarem não haverá qualquer prejuízo. Peço aos distintos cavalheiros e damas que tenham em mente suas vidas e dos que os aguardam em suas casas. Aos preocupados com o destino de seus pertences, saibam que eles não irão auxiliar a libertação de nenhum escravo, nem no financiamento de qualquer revolução, mas somente em nossa fuga e bem-estar. Agora, por gentileza, nossas belas cantoras do coral, sob a escolta de um dos nossos, irão recolher suas joias e dinheiro. Muito obrigado.

Os movimentos duros e mudos da plateia ressoavam como bigornas. O uníssono de respirações pesadas e cheias de medo lembrava uma enorme fera acuada. Serafim Magno puxou Luiz por um braço e se aproximou de Ana Joaquina, colocando ambos um pouco atrás dele. Gaspar de Abarca permaneceu sentado, tenso, os olhos fixos nos movimentos da ala armada da orquestra. Não demorou muito para que uma amedrontada moça do coro entrasse no camarote segurando uma pequena bolsa negra, já cheia pela metade. Parado à porta, um "clarinetista" barbudo, com um par de óculos grossos, mantinha o clarinete engatilhado e os olhos vagueando de um a um dentro do camarote. Ana Joaquina entregou suas joias com rapidez, as quais não eram muitas nem tão valiosas; depois foram os relógios de algibeira de Serafim Magno e Gaspar de Abarca, de quem levaram também o anel de rubi e o alfinete de gravata com ponta de diamante. As abotoaduras de ouro dos três homens foram igualmente colocadas na sacola. Terminada a limpa, a moça saiu murmurando um agradecimento por eles não terem tentado qualquer tipo de reação. A porta foi fechada e trancada na sequência.

— Como eles imaginam sair daqui? — murmurou Serafim Magno para Abarca, segurando a custo a voz de trovão e a indignação. — São muitos. Como imaginam se safar?

Abarca negou com a cabeça.

— Não tenho ideia, meu amigo. Jamais vi em minha vida uma ação tão ousada.

Os ladrões foram rápidos, apesar de terem o teatro apenas para si. O público em geral, atordoado, colaborou. Alguns coronéis fizeram ameaças e se ouviu uma ou outra voz alterada. Um militar de baixa patente quis bancar o herói e levou um fagote na cabeça, caindo desacordado. Não houve mais incidentes. Os ladrões, por fim, reuniram-se no palco, deixando as moças do coro junto ao restante idôneo da orquestra, que se mantinha rendida em seu fosso de trabalho.

Umas vinte pessoas compunham o bando e Ana Joaquina percebia ali homens e mulheres que estiveram dissolvidos entre a criadagem do teatro; os vestidos de policiais continuavam junto às saídas. O homem do megafone — que permanecera todo o tempo no palco —, junto a um cúmplice, arrastou ao centro do tablado um volume grande sobre rodas e coberto com um pano, que ele logo desvelou. Um grande relógio ligado a uma porção de engrenagens tiquetaqueava segundo por segundo. O homem ergueu novamente o megafone à boca.

— Este dispositivo se encontra ligado a uma pequena bomba instalada em cada porta de camarote. Se uma destas for aberta antes do relógio bater 10 horas da noite, as bombas explodirão em cadeia, bem como esta que se encontra atrás do relógio. No entanto, se todos se sentarem e aguardarem calmamente, as bombas desarmarão no instante em que o relógio soar a décima e última badalada. Bem, senhores e senhoras, de nossa parte, isto é tudo! Eu desejaria uma boa noite, mas... não costumo ser irônico.

O debochado ladrão fez uma curta reverência e um sinal para os comparsas; em instantes, os vinte e poucos haviam sumido pelas coxias. Demorou um pouco até que um rapaz da plateia ousou ir até o grande relógio. Alguém o mandou ficar quieto e ele retrucou ser estudante de engenharia. Depois de segundos intermináveis, ele puxou um fio e o relógio parou de funcionar. Como nada explodiu, soaram gritos de viva e as portas foram arrombadas. O povo se amontoou ao correr para fora do teatro sem qualquer organização ou civilidade. Ana Joaquina e os outros navegaram empurrados pelo mar de gente até as grandes portas e puderam ainda assistir um último atrevimento dos ladrões: o grupo escapulia do centro da capital em um enorme aeróstato, o qual — temeram os que estavam no chão — parecia armado como um navio de esquadra de guerra.

A guarda imperial não tardou e logo deu início às diligências. Palmilharam o teatro centímetro por centímetro, como se os assaltantes ainda estivessem lá. Fizeram as mesmas perguntas a cada uma das pessoas presentes (mais de uma vez), o que, é claro, levou horas. Ao cabo de tudo, além do trauma do susto, homens e mulheres jaziam exaustos pelas escadarias, sentados ou escorados em seus coches, aguardando serem finalmente liberados para irem para casa.

Os Tolledo Leite e seu anfitrião se encontravam nessa situação, escorados junto ao carro, quando Ana Joaquina observou o conselheiro João Alfredo se aproximar, muito agitado, de um dos praças. Sua atitude era tão destemperada que Gaspar pediu licença e foi até ele. Voltou algum tempo depois com o semblante fechado.

— O conselheiro foi roubado.

Serafim lhe lançou um olhar cheio de ironia, Ana Joaquina levou a mão ao peito pressentindo o que ouviria e Luiz não se conteve.

— Todos fomos — disse ele, num misto de exasperação e indignação.

Gaspar baixou a voz.

— Não foi algo que ele entregou aos assaltantes. Trata-se de uma peça muito valiosa que ele havia conseguido manter escondida consigo. Porém, agora há pouco se deu por conta de que sumiu de seus bolsos.

Serafim e Luiz pediram detalhes, enquanto Ana Joaquina procurava um leque em sua bolsa para dissimular a súbita falta de ar. Assim que o puxou para si, meio atabalhoada, percebeu algo brilhante contra o fundo de tecido escuro. Seu coração falhou um compasso. Tentando não chamar a atenção para si, ela procurou um ângulo que permitisse que a luz dos lampiões a gás em frente ao teatro incidisse dentro da bolsa e ela pudesse ver o que era. E, santo Deus, era! Estava lá! O camafeu e sua pedra em losango cor de sangue.

Ana Joaquina gostaria de poder desmaiar como uma dama elegante de folhetim, mas isso nunca ocorria. Sua palidez e confusão foram, felizmente, interpretados como cansaço. Gaspar se apressou a pedir que os liberassem de uma vez, levando-os, em seguida, para casa. No caminho até o palacete, as ideias atormentavam Ana Joaquina, cuja mente não parava de revisitar a noite, na tentativa de localizar o momento em que a "mágica" daquele desaparecimento/aparecimento havia ocorrido. Quando os portões se abriram para a entrada do carro, seu cérebro formalizou o que ela até então recusara por achar demais. Tudo aquilo, o assalto, a "cena" do grande roubo, tudo fora armado para desviar a atenção. Respirou fundo, mal podendo crer, mas era assim que lhe parecia. E não era tola: seu único contato com *miss* Boite a deixara segura de que aquela criatura era capaz de qualquer coisa. Do mais espalhafatoso ao mais discreto. E ela usara ambos.

Foi uma eternidade até que ela pudesse ficar sozinha com Serafim Magno e dividir com ele o fardo. Tanto a pedra quanto suas conjecturas impressionaram o marido que, no entanto, em vez de se afundar na pouco prática elucidação de como aquilo fora feito, preocupava-se em pagar o trabalho e, mais importante, manter a pedra em segurança. Juntos eles traçaram um plano. Na manhã seguinte, Serafim Magno iria ao banco e autorizaria a segunda parte do pagamento para a conta cujo número lhes fora fornecido nos primeiros contatos. Também compraria uma joia para a esposa e um pequeno cofre, a fim de dissimular o transporte da pedra. Ana Joaquina temeu a ideia, mas o marido acalmou-a. Teriam de lhes roubar toda a bagagem para poder encontrar o tal cofre. Contudo, dentro dele seria possível dissimular o que era realmente valioso.

No dia seguinte, os dois seguiram com o plano. Ana Joaquina passou o dia ensofrega, mal aguentando a ansiedade. Chegou a perder a paciência com Luiz nas duas vezes que ele veio lhe perguntar se havia algo de errado. Serafim foi à cidade com o carro guiado pelo jovem alemão e retornou ao palacete por volta das duas horas da tarde. Ele e a mulher se trancaram no quarto do casal, o que deu em Luiz comichões de ir escutar atrás da porta. A chegada de Gaspar para uma visita acabou fazendo que ele desse desculpas pelos pais e fosse conversar com o anfitrião. Algo lhe dizia que aquele não era o momento para que os dois fossem interrompidos.

Serafim Magno passou o resto da tarde fazendo modificações no cofre para que ele pudesse transportar de forma oculta a pedra, revelando, à primeira vista, somente o colar e brincos que comprara para a esposa. Exaustos e tensos, os dois se juntaram a Luiz e Gaspar para o chá. Os acontecimentos da noite anterior foram a desculpa do descanso prolongado da tarde e do fato de ainda estarem abatidos. Com o passar das horas, no entanto, o casal Tolledo Leite foi ficando mais tranquilo; Ana Joaquina, porém, tinha a sensação de que as coisas ainda não estavam encerradas. Aguardava o prazo que lhe fora dado por *miss* Boite para revelar o traidor. Isso significava que seria aquela noite e apenas este pensamento era o suficiente para lhe causar pavor.

Contudo, não chegou nenhum bilhete, nenhuma informação. O jantar veio e se foi e Gaspar partiu para as Laranjeiras; voltaria em dois dias para se despedir, antes da família embarcar para o sul. Todos se recolheram, mas Ana Joaquina não tinha condições de dormir. Quando deu por si, vagava pela casa como uma alma penada, procurando ar na noite abafada e úmida da Corte. Acabou por abrir a janela para a varanda, a fim de secar o suor que se acumulava nela, tomando um pouco de vento fresco. Tinha dado poucos passos quando um movimento quase a matou de susto.

Próximo a uma das grandes floreiras de rosas, o jovem motorista alemão a encarava com um olhar muito diferente daquela postura amedrontada e subserviente que ela notara em sua chegada ao Rio. O homem andou em sua direção de um jeito solto, com uma sensualidade displicente, como se estivesse diante de uma presa certa. Ana Joaquina se preparou para gritar.

— Eu sabia que acabaria por encontrá-la, sra. Maia. — A voz, o sotaque leve, a entonação.

Ana Joaquina tropeçou sem sair do lugar.

— M-miss Boite?

A criatura sorriu.

— Fiquei feliz que tenha aparecido. Sentir-me-ia um colegial apaixonado caso tivesse de tocar pedrinhas em sua janela.

— C-como? — perguntou Ana Joaquina, ainda sem encontrar a voz.

— Isto? — Charlotte Boite apontou para si. — Tenho este emprego desde uma semana antes de sua vinda. É tranquilo. Para os trabalhos que todos acham importante, chamam o Manoel e eu fico de folga. Para os são importantes *de fato*, chamam o alemãozinho boçal — completou com um sorriso.

— Você me levou ao nosso encontro.

— E o garçom pediu que a senhora esperasse enquanto eu terminava minha produção habitual. E também a atrasou na minha saída — respondeu com tranquilidade.

Ana Joaquina ainda não conseguia acreditar. Olhava e não podia crer no que via. Fora a altura e o corpo franzino, *miss* Boite e o motorista que ela conhecia não podiam ser mais diferentes. A criatura tirou o porta-cigarrilhas do bolso interno da libré, e dela sacou um bastonete, que acendeu com habilidade.

— Quando se sentir em condições, senhora, podemos conversar sobre o assunto que me trouxe aqui.

A mulher compreendeu e tratou de colocar sua cabeça em ordem. Como a bizarra *miss* Boite realizava seus feitos não era de sua conta, porém saber se ela cumprira a segunda parte de sua missão, sim.

— Pode me dizer, então, se tem o nome do traidor?

— Sim. — Charlotte tragou o cigarro apoiando o corpo em uma das pernas. — Minha pergunta é se, revelando este nome, eu ainda serei paga.

— Não costumo falhar com minha palavra.

— E, como eu já lhe disse, senhora, estou há tempo suficiente no ramo para saber que algumas pessoas, quando não gostam da mensagem, se vingam do mensageiro.

— Seja explícita. Terá seu pagamento de qualquer forma. Eu o autorizarei amanhã mesmo e você será responsável por me levar ao banco. Estamos acordadas?

Enquanto falava, a mente de Ana Joaquina funcionava. Andava por labirintos nos quais ela teimava em fechar as portas que davam para a resposta. Sua voz se tornava aguda, traindo-a.

— Sim, estamos.

— Então, diga!

Charlotte olhava seu desespero quase com pena.

— Precisa mesmo ouvir o nome?

Os joelhos de Ana Joaquina falharam novamente e Charlotte precisou ampará-la para que não caísse sentada.

— Estou bem, estou bem! — respondeu exasperada.

— Como?

— A pedra já não está mais com vocês.

— Eu a vi quando ele voltou.

— Seu marido não se livrou dela no centro. Ele sequer a tirou desta casa, apenas a entregou ao seu anfitrião depois do jantar.

— Mas...

— Há uma réplica perfeita no cofre. E é esta que levarão para o sul. A verdadeira já está fora do alcance da Irmandade de vocês. Sinto muito, senhora. Eu tinha algumas suspeitas, mas não imaginava que Gaspar de Abarca havia cooptado o seu marido até vê-lo pela cidade hoje.

— Podia tê-lo impedido!

— Eu teria revelado a mim e a senhora.

Ana Joaquina se afastou dela furiosa.

— Que fosse! A posse da pedra é muito mais importante!

— E se meter com Gaspar de Abarca, frente a frente, tem custado mais vidas do que a senhora poderia contar. Sou uma ladra, não algum tipo de heroína. Devo lembrá-la de que gente morta não faz compras na Rive Gauche, nem investe em dirigíveis. — Ana Joaquina bufava.

— Escute-me, senhora, eu tenho o maior respeito por sociedades como a sua e pelo que fazem, mas não estou nem perto de querer me arriscar por vocês. Cumpri minha parte do nosso trato e quero saber se cumprirá a sua.

Os punhos de Ana Joaquina estavam presos e ela pensava. Nunca pensara tanto nem tão rapidamente. O labirinto tinha agora todos os caminhos abertos, mas ela estava sozinha. Charlotte esperou que o controle viesse, e veio.

— Cumprirei minha palavra, conforme lhe disse que faria. — O rosto claro do jovem alemão, que sabe Deus como era na realidade, lhe pareceu satisfeito. — Uma pergunta: você tem condições de reaver a pedra?

— Roubar Abarca? Senhora, se minha atual ousadia não decretar minha morte, estarei satisfeita. Acredite, depois que ele colocou a mão na pedra, pouco se pode fazer, mesmo alguém com meus recursos.

Por um instante, tudo o que Ana Joaquina queria era se sentar em algum lugar e chorar. Sentia-se vencida, atraiçoada, ferida, todo o tipo de sujeira infame se entranhando nela, subindo por seus membros, obstruindo poro por poro. Estava só. Completamente só.

Charlotte aproximou e colocou a mão em seu ombro.

— Sua desolação é compreensível, senhora.

— O que pode saber?

— De traição? Ninguém a conhece melhor que os ladrões, isso posso lhe garantir. Contudo, também posso lhe garantir uma coisa: poucas mulheres me causaram a impressão que a senhora causou. Se há alguém com força suficiente para reorganizar tudo isso, este alguém é a senhora. Eu tenho certeza.

Os olhos de Ana Joaquina refletiam a incredulidade de quem ouvira o que gostaria de ouvir, mesmo sabendo que não era verdade. Porém, *miss* Boite estava tão firme, tão poderosa em sua crença, naquela sabedoria própria de uma juventude mais experiente do que gostaria. Ana Joaquina se sentiu pequena, uma velha ingênua, cuja vida sempre fora protegida: pelo marido, por Robert — que idolatrava sua mãe —, por sua mãe... por sua mãe! Algo explodiu dentro dela. Sabia exatamente como agir agora. Agiria tal qual sua mãe.

— O que sabe sobre Abarca? — indagou à outra.

— Que ele é rico, perigoso, quer coisas que ninguém entende e que quem se envolve com ele ou cede ao que ele quer ou morre.

Ana Joaquina endireitou a coluna.

— Pagamos o que pedir para investigá-lo, resguardada sua segurança, lógico. Qualquer informação, não importa. Aceita?

A ladra pensou, sem pressa, antes de responder:

— O que posso dizer? O risco é minha droga.

Ana Joaquina lhe estendeu a mão e as duas trocaram um aperto firme. A mulher mais velha pediu licença, disse que tinha muitas coisas a acertar e que precisava escrever uma carta para o líder de sua Irmandade.

— Posso lhe perguntar o que pretende contar? — questionou Charlotte, num ímpeto de curiosidade mesclado a um leve receio de uma má propaganda de seus serviços.

— A verdade, é claro. Robert precisa saber que a pedra não voltará ao Sul por nossas mãos.

— E sobre o seu marido?

Ana Joaquina já começara a caminhar em direção às portas duplas da varanda e não parou para responder.

— Ele também não voltará ao Sul.

Esse conto foi publicado anteriormente na coletânea Vaporpunk (Editora Draco, 2014), com o título de "Uma Missão para Miss Boite" apenas. Trata-se do conto de estreia dessa personagem e tem relação direta com meu romance "Territórios Invisíveis" (Estronho, 2011; Avec, 2017), daí seu título original: "A Pedra". Nessa coletânea, resolvi colocar os dois títulos dessa forma a fim de ligar essas duas existências.

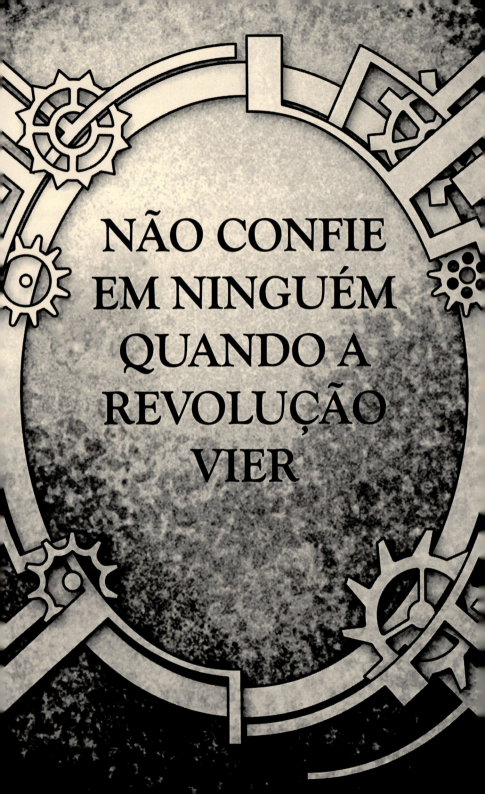

A cara do sargento era de que o papel à sua frente o ofendia. Os dois guardas se mantiveram firmes.

— Senhor — arriscou o mais o homem mais moço, que ainda segurava a ordem oficial entre os dedos —, o presidente está esperando.

— O que querem que eu faça? — Resmungou o sargento, sem alterar a postura bovina.

O primeiro guarda se mexeu desconfortável, mas o segundo — um negro alto e confiante com ombros da largura de um vagão de trem — lhe lançou um olhar insolente.

— Tem de nos entregar a prisioneira — ele mal disfarçou a impaciência mirando a luz mortiça do candeeiro.

O sargento mordeu os maxilares com força enquanto firmava as mãos sobre a mesa.

— Ela vai ser executada amanhã de manhã.

O guarda arrogante bufou.

— Além de lento é burro? Se o presidente mandou buscá-la, é porque ela não vai ser executada amanhã de manhã!

O sargento se levantou da cadeira num estrondo, mas não levou mais que um segundo para se lembrar que nada podia contra a guarda pessoal do presidente. Ainda assim, não tinha vontade de ver a prisioneira partir. Queria mesmo ver a cadela sendo executada.

— Quem decide é o tenente. Ele só vem amanhã. Vão ter que esperar.

O guarda mais jovem interveio antes do companheiro:

— Senhor, a ordem é imediata. Precisamos levar a prisioneira ainda esta noite. É ordem direta do presidente.

A resposta foi um rosnado.

— O presidente agora anda cheio de urgências. Eu não tenho autoridade...

— Este papel tem, senhor — garantiu o rapaz. — Não podemos esperar, nem sair daqui sem a prisioneira.

Vencido, o sargento foi expressando sua raiva em resmungos e movimentos mancos. Afastou-se da mesa em direção ao quadro, preso à parede, no qual ficavam as chaves. Pegou-as com fúria e saiu pela porta quase atropelando os dois sujeitos. Os guardas do presidente deram uma rápida troca de olhares e, depois, seguiram-no.

— Não se empolguem, não tem nada debaixo das saias daquela vadia — avisou o sargento, puxando a perna esquerda ao longo do corredor úmido. As pequenas luzes, de longe em longe, mostravam mais as sombras do que o lugar.

— Não podemos bulir na prisioneira — respondeu o guarda mais jovem num tom sério.

— Digam pro presidente, então. Porque aquela bruxa quase capou o cidadão que tentou. Se bem que, se não fosse o tenente, nem ia ter carne dela pra execução. Prostituta do inferno!

Os guardas não se manifestaram.

Viraram à direita e o ambiente se ampliou. Ali, barras de ferro separavam espaços e, dentro delas, ecoavam respirações raivosas e assustadas. Alguns prisioneiros ainda tinham forças para se erguer, outros apenas para gritar. Fediam e enviavam seu ódio ao carcereiro assim que o viram mancar pelo corredor. A luz não era suficiente para iluminar dentro das celas, mas uns poucos rostos se espremiam nas grades. Alguns muito machucados. Havia homens e mulheres ali e os guardas tinham certeza de que aquela ala continha somente os mais perigosos.

O sargento abriu a fechadura de uma das grades e escancarou a porta para dentro com brusquidão.

— Levanta vagabunda! Sua sorte mudou.

Os guardas se adiantaram e tomaram pelos braços a mulher que se erguia com dificuldade contra a parede. Tinha uma aparência frágil e um corpo franzino escondido sob um longo cabelo escuro caído no rosto. Levaram-na meio empurrada, meio arrastada, e sua cabeça se manteve baixa sob as imprecações do sargento e os berros indistintos dos outros prisioneiros. Não demoraram a sair e colocá-la dentro de um cupê todo fechado. O sargento os seguiu e seu humor não melhorou com a vista do veículo oficial. Ficou xingando o presidente enquanto os cavalos relinchavam e sumiam com o veículo noite à dentro.

O cupê até foi parado em uma ou duas barreiras da estrada. Então, os dois guardas mostravam o selo presidencial e a passagem se abria. Foi assim nas barricadas da cidade também. O toque de recolher deixava as ruas vazias e ainda mais frias àquela hora da noite.

O movimento rebelde estava acuado. Uma boa parte dos líderes fora morta nas ações do exército ou estava presa aguardando execução. O presidente não tinha outra intenção senão escrever com sangue nas mentes de todos que não renunciaria ao poder. Tinha o apoio e os olhos gentis de Washington e isso era o suficiente para que os donos das *haciendas* estivessem ao seu lado. Os quatro industriais do minúsculo país também o sustentavam, e um deles era inglês com bons contatos no parlamento britânico. Apenas loucos lutariam contra a realidade. E a realidade era o presidente.

Somente à entrada do palácio é que os ocupantes do cupê foram finalmente questionados. Quem eram? O que queriam? Como assim "ordem"? Eles não haviam recebido ordem nenhuma de deixá-los entrar com um prisioneiro. Sim, reconheciam que eram da guarda pessoal do presidente. E daí? A discussão entre o comandante do exército, que fazia a segurança do palácio, e o mais velho e insolente dos dois guardas se estendeu. Um soldado foi mandado ao palácio. Voltou correndo, segurando o quepe e a arma, e dizendo que deixassem entrar pois o presidente os esperava.

O cupê seguiu, contornando os jardins até chegar ao palacete amarelo de janelas brancas.

— Deve estar com um humor do cão — comentou o guarda mais jovem, conhecido por Juan.

— Não temos culpa — retorquiu o outro, cujo nome de batismo era Joaquim. — O presidente que culpe aquele major idiota.

— E eu lá tô falando do presidente?

Juan puxou as rédeas em frente à escadaria da porta central e pulou para abrir a porta do cupê antes do outro. Quando a porta se abriu, um sapato preto, lustroso, foi seguido pela figura de um homem não muito alto, mas de uma beleza perturbadora. Os cabelos à moda estavam divididos em risca e assentados na cabeça. Ele ajustou o terno, implicando com algum amarrotado imperceptível, mas não parecia uma pessoa com tempo para mau-humor. Retirou uma cigarrilha da caixa dourada que trazia no bolso interno do paletó e acendeu-a mirando as escadas calculadamente.

Joaquim se aproximou, trazendo uma pasta de couro nas mãos.

— Aqui está, senhorita Boite.

— *Senhor*— corrigiu com uma voz grossa, pegando a pasta pela alça.

— Eu entendi, mas... Certo, o "senhor" é o chefe.

— O dispositivo está aqui dentro conforme minhas instruções? Não quero surpresas na apresentação para o presidente.

Os dois homens assentiram enfaticamente. Juan parecia deslumbrado com a figura do chefe e perguntou um tanto ansioso:

— Alguma recomendação além das usuais, senhori... chefe?

Boite sorriu. Naquela roupa era Charles e não Charlotte, e seus dois auxiliares ainda se perdiam com as mudanças constantes.

— Mantenham os cavalos calmos — disse antes de tragar e soltar a fumaça. — E os revólveres engatilhados. Nunca se sabe.

Seguiu escada acima em passos firmes e rápidos. Não seria cortês de sua parte deixar o presidente esperando por mais tempo, visto que devia ter fugido da prisão uns dois dias antes e se encontrado com ele. Desafortunadamente, nem todos os planos corriam como queria. Boite se adaptava com facilidade a essas mudanças — afinal, era disso que vinha sua excelência no que fazia. Admitia que havia subestimado um pouco a segurança da prisão; por outro lado, seus dias a mais no lugar tinham sido bastante frutíferos. Sua resposta à tentativa de violação do sargento lhe valera respeito entre os outros prisioneiros e, como resultado, obtivera uma quantidade extra de informações naquele período. Algumas foram interessantes, outras eram de tal forma valiosas que podia pensar em sua conta na Suíça com o renovado carinho de quem alimenta um bicho de estimação.

Charles Boite tinha acesso livre ao interior do palácio presidencial. Do primeiro escalão até os criados internos, todos reconheciam o consultor estrangeiro do presidente, mesmo que não soubessem a natureza exata de sua consultoria. O estranho, de nacionalidade desconhecida e sotaque indefinível, era uma figura elegante nos salões do palácio, discreto e educado com todos. É certo que, circulava à boca pequena, muitos desconfiavam de que se tratava de um espião. Porém, isso só aumentava as especulações e, claro, um certo temor. O que tinha um lado bom: fazia com que a maioria preferisse ficar longe do caminho de Charles Boite, fosse ele quem fosse.

Apagou a cigarrilha num vaso de plantas em frente à sala presidencial. Um dos guardas plantados ao lado do vaso abriu a porta sem anunciá-lo e Charles sorriu para si mesmo antes de avançar.

— Charles, meu velho, finalmente. Faço votos de que esta espera seja recompensada com boas notícias.

— Senhor presidente — disse Charles, inclinando-se à guisa de cumprimento.

A porta se fechou atrás dele e estas foram as únicas frases, cuidadosamente ensaiadas, que os guardas ouviram. Os guardas não viram o presidente se levantar de sua cadeira, nem seguir em direção a Charles e, tampouco, beijá-lo com paixão.

— Sentiu minha falta ao que parece — comentou Charles, ainda nos braços do presidente.

— Estava quase preocupado — afirmou o outro. — Confio em sua maestria, Charles, mas este costume de me deixar no escuro sobre como organiza suas atividades é enervante. Seus empregados pediram roupas da minha guarda pessoal e me fizeram assinar um alvará de soltura. Estava preso? Eles nem me permitiram ler o documento, mas me fizeram acreditar que sua vida estava em risco.

— E estava — garantiu Charles em tom muito bem-humorado. — Você queria que eu me infiltrasse entre os rebeldes e eu o fiz. Como não estaria em risco?

O presidente negou com a cabeça e o soltou.

— Uma bebida e contará para mim tudo o que aconteceu — disse, indo em direção ao armário grande em que ficava seu bar pessoal. Charles se sentou na cadeira em frente à imponente mesa de carvalho entalhado usada pelo presidente e colocou a pasta no chão, ao seu lado.

— Senhor presidente, nosso relacionamento não muda a natureza de nossos negócios. — O presidente se virou aborrecido, mas Charles prosseguiu: — Contarei o que me pagou para descobrir. Meus métodos e os acontecimentos decorrentes são apenas da minha conta.

— Eu não admito...

— Segredos? Não sou sua esposa nem sua amante, presidente. Sou um espião, é para isso que me paga, não é mesmo? O senhor quer preservar o seu "negócio" e eu o meu. Como eu disse, nosso relacionamento...

— Está certo, está certo! — Contrariado, o presidente bufou e Charles observou com algum divertimento o seu dilema. — Então comece logo. O que descobriu?

Charles não tinha pressa ainda. Olhou brevemente as próprias unhas, reclamando consigo por não ter tido tempo de limpá-las de forma apropriada. Depois mirou o presidente servindo dois copos com whisky estrangeiro, pago à peso de ouro nas importações do país.

O presidente era um homem na casa dos cinquenta, com o tamanho de sua prosperidade. Dono de grandes bigodes, olhos dissimulados e uma sensação de medo tão óbvia que se podia ver borbulhar em pontadas na altura do estômago. Por vezes, Charles gostava de seus clientes, até se comovia com suas causas, embora, de ordinário, preferisse não se envolver. Achava melhor classificá-los pelo que estavam dispostos a pagar por seus serviços. O presidente sempre lhe fora muito disposto. Charmoso e disposto. Uma combinação aceitável.

— Acho que terá problemas em breve, senhor presidente.

— Que tipo de problema?

Charles aceitou o copo de whisky escocês.

— Dos grandes.

O presidente se sentou. Todo o charme tinha sumido. Charles via apenas o medo. Borbulhando.

— Conte de uma vez.

— Os rebeldes conseguiram uma arma que vai alterar o equilíbrio das coisas, senhor presidente. Eles estão, neste instante, fazendo correr o boato de que, se o povo apoiar o que vem pela frente, não haverá qualquer chance para o senhor e o seu exército. A revolução nunca esteve tão forte.

— Bobagem! — Trovejou o presidente, erguendo-se da cadeira. — A revolução nunca esteve tão fraca! Você acompanhou o que minhas tropas fizeram em junho. Como eles se ergueriam depois daquele banho de sangue? Todas as ilhas têm reclamado de receber mortos em suas praias. De onde você acha que eles vêm? Os principais líderes estão na cadeia ou são comida de peixes. Aliás, mandarei executar os que restam amanhã! — Esbravejou. — Irão lutar pelo quê? Esses loucos! Bando de mortos de fome sem mais o que fazer! As pessoas de bem me apoiam, Charles! Você sabe disso, não sabe?

Charles ergueu os ombros numa expressão meio duvidosa.

— Mesmo que as ações do exército em junho tenham acabado com as lutas nas ruas, você e eu já conversamos sobre as consequências. Sua base de apoio...

— Besteira! Todos sabem que só há uma maneira de se manter a ordem. Eles me apoiam. Escreva aí, Charles: a segurança deste país depende mim! Eu acabei com os quebra-quebras e os ataques a propriedade. Eu! — Charles achou melhor assentir com a cabeça e dar toda a razão ao presidente. — E que diabo de arma é essa? — Quis saber voltando à carga. — O que ela pode contra um exército inteiro? Você disse uma arma, certo? Como pode uma arma fazer algo que várias não possam fazer? O que eles podem ter que seja mais eficiente do que meus canhões e as novas metralhadoras que os gringos estão fabricando? Sabe quantas temos? Tem ideia? Mais de cem, eu lhe digo, mais de cem! Fizemos um belo empréstimo e eu pude comprar quantas quis. Devia ter me visto na fábrica. Senti-me um menino escolhendo doces. Agora me diga, Charles, e não fique inventando coisas: o que eles têm que pode ser mais eficaz do que isso?

Ainda sem pressa, Charles largou o copo e ergueu a pasta do chão se levantando no mesmo movimento. Colocou-a sobre a mesa e abriu os fechos com grande cuidado, depois a virou para mostrar ao presidente o conteúdo. O homem ficou atordoado. Abriu uma gaveta com fúria e dela tirou um par de óculos que usou para olhar o teor da pasta e voltou a se sentar.

— Quê? Que bosta toda é essa? Isso é uma arma?

— Os rebeldes a chamam de Máquina do Diabo. Acreditam que o próprio demônio a usaria, caso quisesse fazer uma verdadeira revolução contra Deus.

— Eu não... entendo o mecanismo. É uma tela? Não há nenhuma pintura? E esses botões? Você viu isso funcionando, Charles?

Boite confirmou.

— Não é, obviamente, uma metralhadora. Essa coisinha atua direto no interior da criatura — o comentário traiu um tom de admiração.

— E faz o quê?

A ansiedade do homem dava um misto de pena e divertimento a Charles. Ele voltou a se sentar.

— Os rebeldes dizem que ela "rouba a alma" — por certo isso não descrevia o dispositivo. O presidente arregalou os olhos incerto e Charles foi mais direto. — Eu lhe direi o que vi acontecer. O corpo permanece inteiro, intacto, mas é só uma casca, não há mais nada lá dentro. Fica vivo por mais algumas horas, mas tudo o que há dentro morre quando a arma é ativada.

O silêncio escorregou até o chão da sala durante alguns instantes e, então, o presidente riu. Primeiro com nervosismo. Depois, ele gargalhou.

— Ah, Charles, por favor! Quer mesmo que eu acredite nisso? Tal arma não pode existir. Isso é um absurdo! Conte-me a verdade. Eles o descobriram, não foi? Devem ter planejado enganá-lo para que me trouxesse esta coisa como se fosse de verdade.

— Eu nunca sou descoberto, senhor presidente — retorquiu Charles, com uma fleuma afetada.

O presidente havia levantado de sua cadeira e caminhava pela sala rosnando.

— Uma arma assim não pode existir. — Voltou-se para o outro. — Eles pagaram para que mentisse, não é? Foi isso? Pagaram para que mentisse para mim, Charles!

Charles colocou a mão sob o casaco e retirou de dentro do paletó um conjunto de fotografias que depositou diante do presidente. O homem demorou a reagir. Voltou a caminhar em direção à própria mesa e pegou as imagens na mão trêmula.

— São soldados seus — disse Charles. — Foram pegos pelos rebeldes e usados para testar a arma. Preste atenção aos olhos deles.

— Isso é... — O presidente deixou as fotos caírem sobre a mesa — horrível.

Charles consultou seu relógio de pulso.

— A arma funciona de duas formas — explicou o espião. — Direcionada ou como uma espécie de bomba. Neste caso, pode acabar com qualquer humano num raio de até 800 metros.

— Rouba suas almas — repetiu o presidente, olhando de esguelha para um rapazote uniformizado na fotografia, cuja expressão era pior que a de um morto. Fria, vazia. Ele, que já atuara pessoalmente nas torturas de seus inimigos, virou as imagens de encontro à mesa.

— É. Bem, como eu disse, é assim que os rebeldes a descrevem. O inventor do dispositivo o chamou de "arma cerebral" e, pelo que consegui saber, enviou suas descrições técnicas. Claro, a maior parte dos seus inimigos não as compreendeu e achou mais simples explicar a arma pelo que via. Logo, é mais fácil dizer que ela...

— Rouba almas — repetiu o outro, ainda desolado.

As explicações técnicas não adiantariam ali também, decidiu Charles. A expressão chocada do homem era bastante eloquente quanto a isso.

— Quem é o inventor? — Perguntou o presidente.

— Um brasileiro chamado Pena. Acredita-se que o invento se destinava à guerra do Paraguai, mas que o imperador preferiu não usar — o tom de Boite era pragmático.

— E como isto chegou aqui?

Charles fez um movimento de desinteresse com a mão.

— Nestes tempos em que vivemos? Meu caro, não se pode confiar em ninguém. Pelo que pude apurar, foi a esposa de um de seus ministros que trouxe a arma. Escondida em sua bagagem, na volta de uma viagem de vapor ao Rio de Janeiro.

Uma veia saltou na cabeça do homem mais velho e o bigode pareceu saltar num tique nervoso.

— Quem é a cadela?

Charles colocou a mão dentro do paletó e com calma enervante pegou sua cigarreira dourada, de onde sacou uma cigarrilha.

— Minhas desculpas, senhor presidente. Sou, digamos, um trabalhador. Tenho meus custos. E riscos. Se quiser o nome, terá...

— Quanto? — Rosnou o homem.

Com movimentos precisos, Charles acendeu a cigarrilha e deu uma baforada.

— Eu prefiro responder sua pergunta depois do pagamento, se não se incomoda.

O presidente estava bastante decidido. Ele abriu uma gaveta chaveada e tirou dela um maço polpudo de dólares americanos. Charles ergueu uma sobrancelha e sorriu. Outros dois maços de notas caíram em cima do primeiro. Satisfeito, o espião estendeu a mão para pegar o dinheiro, mas o outro o impediu.

— O nome vale tanto assim?

Boite o encarou com seriedade.

— Violeta Cedeño.

A expressão do presidente empalideceu de choque e ele liberou o dinheiro. Charles puxou as notas para si com um maneio de cabeça em agradecimento. O presidente se jogou contra o espaldar da cadeira, mal observando Charles guardar o pagamento.

— Está me dizendo que Cedeño é um traidor? — A voz do homem veio esganiçada, como se estivesse se esgueirando do fundo da alma.

— O marido? Presidente, por favor. Eu conheço seu Ministro do Exterior. Essa arma sequer funcionaria nele, pois o homem não tem um cérebro para se matar. Já Dona Violeta... aquela, sim. Uma mulher inigualável, brilhante. É ela que quer derrubá-lo.

— O que está me dizendo, Charles? — A descrença do presidente era só simulação.

— Os fatos, meu caro amigo. Violeta Cedeño não medirá esforços para acabar com seu "governo".

O tom de Charles não foi percebido pelo presidente, ocupado em xingar e rosnar contra a recém-descoberta inimiga. Ele se ergueu da cadeira e começou a vociferar como se estivesse em um comício. Ia mandar prender, matar, arrebentar. Faria o mesmo com o idiota do marido, que não percebera a cobra em sua cama. Filhos de uma cachorra manca!

A tempestade seguiu por algum tempo e Charles consultou o relógio mais uma vez; estava ficando tarde agora. Resolveu interromper. Não gostava de ter de mostrar ao presidente sua percepção restrita dos acontecimentos, mas não tinha alternativa.

— Senhor presidente, creio que ainda não me fez a mais importante das perguntas.

— Qual? — Berrou o homem.

— Quantos exemplares os rebeldes possuem desta arma? Ou como eu consegui o modelo que está à sua frente? Aliás, a esta segunda pergunta a resposta é: roubei, claro.

O presidente ensaiou um sorriso.

— Diga-me que eles só tinham esta. Charles? Diga-me! Ah, eu poderia usá-la. — Ele voltou a se sentar e puxou a maleta com a arma para si. — Será que Washington tem registro disto? Não, creio que não. Senão já a teriam usado. Já saberíamos. Ah, meu querido, meu querido Charles, dá para imaginar quanto os gringos poderão pagar por isso? Ou os britânicos? Vamos, diga-me, é só esta?

— Dona Violeta trouxe apenas dois exemplares. Agora cada lado tem um.

O presidente não gostou tanto da notícia, contudo, logo seu rosto se contorceu numa expressão da mais pura gula.

— Quanto quer para me roubar a outra?

Charles colocou um cotovelo sobre a mesa, tirando outra baforada da cigarrilha e enchendo o ar com aroma de tabaco e especiarias.

— Desculpe, senhor presidente, mas tenho minha ética. Não vou cobrar por um trabalho que não pode ser feito.

O rosto do homem passou de ambicioso a vermelho, sem escalas.

— Como assim "não pode ser feito"?

Boite inclinou a cabeça num movimento de pesar.

— Serei sincero, meu amigo. Estou de partida de seu adorável país. Tenho outro trabalho à minha espera.

— Que diabo está falando? — O presidente estava ficando mais vermelho a cada segundo. — Eu pago o dobro de qualquer trabalho!

Charles deu um suspiro.

— Tentador — seu tom era levemente entediado. — Mas creio que esgotei minha cota com revoluções, povo nas ruas, soldados batendo, atirando, prisões, torturas... Eu sinto muito.

O homem ficou roxo.

— Está debochando, Charles?

O espião tinha a face de um homem insultado e dolorido.

— De forma alguma, senhor presidente! Estou sendo honesto e sincero. O senhor sabe que, no fundo, tenho uma natureza bastante sensível. — Ele apagou a cigarrilha pela metade num cinzeiro sobre a mesa presidencial, enquanto mexia com a cabeça com pesar. — Tantos meses de sangue... Eu espero que compreenda.

O presidente olhou para Charles, depois para a pasta aberta com a máquina e, então, para o espião novamente novamente. O rosto perdia a cor a medida em que ia sendo marcado pela decepção.

— Vai me abandonar?

Charles esticou a mão sobre a mesa e colocou sobre o pulso do presidente.

— Meu querido. Nós dois sabíamos que era apenas por algum tempo. Além do mais, minha presença agora será mais complicada.

— O que quer dizer?

— Ora, senhor presidente, acabei de lhe entregar um inimigo no centro de suas fileiras. Essas coisas sempre vazam — garantiu com condescendência. — Posso ser interessante à sua política, mas alguns começarão a achar minha presença incômoda. É melhor que eu me vá antes que isso aconteça

Ao tentar retirar sua mão da do presidente, o homem o segurou.

— Dê-me dois dias, Charles. Dois dias e lhe farei uma proposta irrecusável para que fique — não havia só ansiedade em sua voz. O medo tinha voltado a borbulhar.

— Meu vapor parte para Europa em três dias, presidente. Preciso viajar para pegá-lo em tempo.

— Um dia. Pode esperar um dia, não?

Charles Boite deu uma olhada no relógio de pulso. Depois, com um sorriso gentil, puxou firmemente sua mão de volta.

— Eu sinto muito, senhor presidente. Mas, para que não diga que estou sendo frio, irei pegar minhas coisas em meus aposentos e outras que estejam espalhadas. Se ao fim desse tempo tiver algo a me dizer, eu ouvirei. No entanto, se quiser o conselho de um amigo, eu me preocuparia com a máquina na minha frente e com o que Violeta está tramando. Para breve.

Desolado, o presidente assentiu.

— Tem alguma ideia de quando ela pretende atacar?

— "Assim que o barulho começar" foi a senha que ouvi os rebeldes trocando.

— "Assim que o barulho começar" — o homem repetiu baixinho.

Uma nova conferida no relógio e Charles se levantou, estendendo a mão formalmente ao presidente.

— Não vou vê-lo de novo, não é?

Charles se limitou a um gesto de ombros e um sorriso triste. Alguns minutos depois fechava a porta atrás de si e dizia para os guardas que o presidente não queria ser incomodado sob hipótese nenhuma. A calma dos gestos evaporou assim que ele dobrou a esquina do corredor e começou a caminhar o mais rápido que podia em direção às portas da frente.

Juan e Joaquim estavam a postos.

— Tudo pronto? — A pergunta soou como uma ordem.

— Sim, senhor.

Charles frouxou o colarinho, mudou de postura e sacudiu a cabeça. Estava com sede de voltar a usar suas roupas habituais. O monocromatismo das roupas masculinas atuais podia ser elegante, mas era tedioso e acabava deixando-o enfadado também.

— *Senhorita* — corrigiu ela. — Charles Boite vai sumir por um tempo. Pegaram as obras de arte que eu havia separado?

— Todas amarradas sob o cupê, *senhorita* — respondeu Joaquim com um sorriso cheio de malícia.

— Ótimo — retorqui ela mexendo o pescoço num alongamento que a fez gemer. Joaquim não disfarçou o interesse desejoso. — Eu ainda preciso mandar meu relatório para Washington.

Os dois homens trocaram um olhar rápido e concordaram com a cabeça, porém o mais jovem parecia em dúvida. Por duas vezes abriu a boca para falar e a fechou novamente.

— O que foi, Juan? — Boite não perdia nada. E, às vezes, tinha interesse em saber o não era dito. — Que cara é essa?

— É que eu pensei que... — o rapaz franzino hesitou e ajeitou os óculos. — Bem, o país vai precisar se reconstruir depois de tudo e as obras de arte, elas...

Charlotte lançou um olhar para cima como se pedisse aos céus por mais paciência.

— Farei uma carta de referência para você se empregar com o Robin Hood — respondeu Charlotte. Joaquim gargalhou e bateu na cabeça do companheiro.

Sem esperar mais, Charlotte se dirigiu ao cupê e os dois homens a seguiram.

— Quanto tempo temos? — O tom de Joaquim era sério, quase preocupado.

C harlotte consultou rapidamente o relógio que guardava no bolso do colete.

— Dona Violeta disse que começaria o barulho ao amanhecer. — Ela conferiu o horizonte ainda imerso na escuridão. — Imagino que seja uma grande ofensiva. — Voltou a encarar seus homens. — Precisaremos correr para estarmos em estradas seguras antes disso. Mantenham nossos salvo-condutos em mãos e, por favor — seu tom era de ordem e não de quem pedia alguma coisa —, não façam confusão. Apresentem os de Dona Violeta se formos parados pelos rebeldes.

— E quanto ao presidente? — Juan estava atrás de Joaquim, os olhos temerosos presos no rosto da chefa.

Charlotte tirou o casaco do paletó e o jogou para dentro do cupê. Teria de manter as roupas masculinas até sair daquele maldito país.

— Bem, o presidente me pagou para entregar os planos dos rebeldes, um grande líder e a arma. Isso foi feito. Dona Violeta me pagou para não contar apenas um detalhe. Então, creio que o nosso trabalho está feito.

Os dois homens voltaram trocar olhares. Charlotte segurou um meio sorriso. Estavam sempre a tentar aqueles diálogos mudos, sempre cheios de assombro ao funcionamento da mente da chefa.

Joaquim estava com ela há cinco anos e Juan se juntara ao bando dois anos atrás. Charlotte nunca lhes contava tudo, porém pagava bem o suficiente para que não a questionassem e os mantinha longe de problemas com a lei. O que ambos já haviam tido o bastante para umas duas existências. Nenhum deles nunca teve uma vida melhor. Também não voltariam a ter caso a deixassem ou traísse.

— Qual detalhe que Dona Violeta pagou para não contar? — Juan, talvez, pelo pouco tempo de trabalho com Charlotte ainda tinha horas em que não segurava a curiosidade.

Foi a vez de ela trocar um olhar quase exasperado com Joaquim. O homem brincou com a língua dentro das bochechas e baixou a cabeça para ocultar o risinho.

— Que a arma pode ser acionada à distância — respondeu ao mesmo tempo em que alçava a perna nos degraus do cupê. — Como Dona Violeta sabe o código e o presidente não, ela pode acionar a máquina que está com ele. O que, como falei, ela deve fazer ao amanhecer e acabar com qualquer um que esteja perto do palácio do governo. — Charlotte Boite suspirou e entrou no veículo fechando a porta. Depois, se inclinou pela janela erguendo uma sobrancelha. — Será que eu preciso dar mais algum estímulo para que coloquem esses cavalos pra correr?

O ASSASSINATO DA RAINHA VITÓRIA

Bombaim 1890.

O bonde era veloz a ponto de enjoar. Anjali Paramartha acreditava que já estaria acostumado àquela altura, mas as curvas o faziam arrotar a refeição da manhã. Usou seu lenço sobre a boca para conter o dissabor enquanto notava um soldado inglês observá-lo com ares de deboche.

Desceu a poucos metros da estação de trem. As pernas levaram alguns passos para se ajeitarem ao caminhar apropriado. Guardou o lenço em um dos bolsos das calças de estilo ocidental e, do outro, sacou o cartão esquisito onde se lia em letra roxa: *Miss Boite*. Haviam lhe avisado que era um nome-código e que ele não esperasse encontrar uma mulher. Porém, que não se impressionasse se tivesse de tratar com uma. Repetiu a cara feia que tinha feito ao líder de sua irmandade. "Como diabos uma mulher poderia se meter em um caso como aquele?". Ouviu mentalmente a voz do líder: "Uma mulher é hoje a pessoa mais importante do mundo. Se precisarmos de outra mulher para nos livrar da rainha, que assim seja!"

Caminhou até a estação olhando para os lados e cumprimentando conhecidos sem se deter. Na plataforma, o trem acabara de chegar e havia muito vapor misturado às pessoas. O cheiro da máquina quente, com seu óleo e carvão, se mesclava aos odores naturais e antigos que Anjali Paramartha aprendera a associar ao seu mundo. Procurou pelo cheiro do curry e dos incensos como quem busca o caminho de casa pelo nariz. Agradeceu mentalmente encontrá-los ali. Um tanto abaixo dos aromas dos estrangeiros, mas firmes, pungentes, insubmissos.

Ao ajustar os olhos ao nevoeiro da plataforma, foi obrigado a saltar para junto da parede. Um grupo de patrulheiros de ferro avançou em sua direção e passou por ele com seus retinidos incômodos. Os soldados mecânicos do Império não eram muito ágeis, mas tinham um poder de fogo assustador e a Índia se curvara a eles. Gente como Anjali Paramartha era ensinada a não lhes demonstrar seus ressentimentos. Eles baixavam a cabeça e esperavam. Por enquanto.

Os patrulheiros de ferro se afastaram e Anjali Paramartha voltou a se concentrar em sua missão. Precisava encontrar o contato que, pelas informações que lhe foram passadas, estaria usando as mesmas cores do estranho cartão de visitas. A luminosidade da plataforma não ajudava. No entanto, depois de alguns instantes que adicionaram um pouco de pânico a sua busca, Anjali Paramartha divisou uma criatura que poderia corresponder ao que procurava. Vestia uma cartola, calças e casaca. Não era alto, tinha um corpo magro e era, obviamente, um ocidental. Mais de perto, se podia notar a tez um tanto trigueira e detalhes que pareciam maquiagem feminina. Contudo, mesmo com a roupa roxa e a atitude pretensiosa, seria difícil dizer se a criatura era homem ou mulher.

Anjali Paramartha se aproximou e curvou a cabeça em sua saudação tradicional.

— *Miss* Boite?

— Senhor Paramartha. — O tom de voz era neutro, sem afetação. Não havia como identificar o sotaque, e a voz, rouca e baixa, caberia a um homem. Ainda assim, Anjali se sentiu perdido e mais uma vez desagradado com a missão.

"Não precisa conversar", dissera-lhe o líder da irmandade. "Apenas entregue o envelope, diga as condições e aguarde a resposta". Anjali colocou a mão sob o paletó, que mantinha fechado como se fosse uma túnica, e retirou de lá o envelope. Entregou-o em seguida. Boite escorou a bengala no braço esquerdo, pegou o envelope e o abriu, olhando as cédulas rapidamente. Retirou dali de dentro uma fotografia do Jubileu de Ouro encimada por um triângulo vermelho invertido. O olhar frio de Boite caiu sobre Anjali.

— É isso mesmo? — A dúvida tomou toda a postura da criatura e Anjali confirmou. — Não é meu ramo de atuação — sentenciou Boite, fazendo menção de devolver o envelope.

Anjali ergueu as mãos, dando um passo para trás.

— Não. É seu. Deve ser seu, mesmo que não aceite o serviço.

Boite suspirou.

— Já disse que não é meu ramo, amigo. Não receberei pelo que não vou fazer.

Anjali afrouxou o colarinho e olhou nervosamente para os lados antes de responder.

— O dinheiro é pelo seu silêncio. Queremos sua atuação apenas em seu ramo de serviços. Posso assegurar.

Boite deu um meio-sorriso.

— Aquisições?

— Exatamente — concordou rápido. — Encontrará instruções detalhadas em uma cabine de primeira classe com seu nome no vapor Imperatriz da Índia, que parte amanhã. E, claro, mais uma parte do pagamento, se decidir embarcar.

Boite pareceu pesar o envelope.

— O próximo é tão pesado quanto este?

— Mais — garantiu Anjali. — Claro, há também as instruções e... — sua voz travou um tanto confusa.

Boite riu abertamente, mostrando os dentes brancos e retos.

— Que seja. Eu gosto de um pouco de desafio — riu outra vez, como se estivesse contando para si alguma piada.
— E com certeza aprecio uma viagem de primeira classe. Nada pessoal, meu caro, mas a Índia já deu para mim. Estarei a bordo, senhor Paramartha.

O homem se curvou com um certo alívio e se dispôs a se afastar. Não era confortável falar com aquela pessoa sem saber se falava com um homem ou uma mulher.

— Diga-me, meu caro — Boite ergueu a voz, congelando o movimento do homem —, para onde vai o Imperatriz da Índia?

— Brasil, *miss* Boite. Vai para o Brasil.

Rio de Janeiro, 1890.

Adoro o Rio!
Mas, sinceramente, prefiro Salvador.
Como têm pressa, esses cariocas! Ninguém se olha com atenção. Qual a graça de estar com um modelo perfeito, desenhado por Worth em pessoa, e todo mundo achar que você o comprou de uma modista "francesa" (momento de rir) na Rua do Ouvidor? Obviamente, a maioria das pessoas em Salvador não daria atenção ao couturier de minha roupa, mas ao menos elas nos olham com atenção suficiente para saber o quanto se está maravilhoso. Hoje, por exemplo, eu estou divina.

O vidro de uma vitrine de relógios concordava com a avaliação de Charlotte Boite sobre si mesma. Atrás dela, as pessoas cruzavam pelo Largo de São Francisco como se algum compromisso urgente as aguardasse. Mesmo as mulheres que iam pelo braço de seus maridos pareciam mais interessadas em sentir o vento correr pelas saias do que em exibi-las com a elegância devida. Algumas iam duas a duas no *footing* e, ainda assim, apressadas. Charlotte negou horrorizada com a cabeça. Alguém precisava ensinar esse povo que o passo do *footing* é o passo do casamento. Você finge que está indo para o altar, bem devagar, enquanto tenta não correr para o lado oposto. O resultado é magnífico!

Deslizou a atenção para o interior da vitrine. Uma bela coleção de autômatos grudados aos dispositivos que indicavam a hora. Encontrou seu favorito imediatamente: o imperador deposto escrevendo uma carta. Ele erguia a cabeça, girava-a para o lado, molhava sua pena em um tinteiro e voltava a escrever. Engenhoso. Encantador. Bastante rebelde. Republicanos considerariam ofensivo ter o imperador ali. Alguns o tinham como inofensivo. Outros, como digno de riso. A maioria, certamente, não o compreendia.

Aqueles que, no entanto, conheciam o relojoeiro ancião — inventor e cientista —, amigo de longa data do imperador, sabiam que ele somente tiraria aquele autômato de sua vitrine se o matassem. Embora à distância, Charlotte conhecia bem o homem. E o admirava. Já o roubara duas ou três vezes. Mas com todo o respeito, por certo.

Um sino tilintou quando ela entrou na relojoaria e continuou soando por alguns instantes após Charlotte se posicionar ao centro do aposento entre poeira e mecanismos. A loja estava vazia e parecia rugir com mil dispositivos de tic-tac. Ela correu os olhos de cima a baixo nas inúmeras prateleiras com uma avaliação profissional. A mesma com que tinha inspecionado a porta ao abri-la e a vitrine enquanto mirava sua imagem. Um movimento lento na sala que ela entrevia por uma cortina aos fundos, chamou sua atenção. Pelo tipo de sombras e de luz que vinham daquele cômodo — mais claro e mais atulhado que a loja —, podia apostar que era o ambiente da oficina.

O homem que apareceu emoldurado no batente estava sentado e a cadeira o conduziu até onde Charlotte o aguardava sem que ninguém a empurrasse. A mão do homem mexia uma pequena alavanca que direcionava o sistema motor da cadeira.

— Em que posso ajudá-la, senhorita? — o tom do ancião era franco e solícito.

— É o dr. Pena, eu presumo — afirmou Charlotte, carregando no falso sotaque.

O homem assentiu sem alterar a expressão.

— E a senhorita é?

— Charlotte Boite. — Estendeu a mão com o dorso virado para cima. O dr. Pena a pegou e apertou suavemente, sem se inclinar ou beijar como nos costumes da Corte. Não era charmoso, mas tinha um quê rebelde que encantava num ancião.

— Interessada em alguma peça especial, srta. Boite?

Charlotte concordou com um meio-sorriso.

— Duas, na verdade. Acabei de me apaixonar irremediavelmente por aquele pequeno imperador que escreve cartas na vitrine e gostaria de tê-lo comigo.

— Ele é incrível, de fato — disse o homem com vivacidade. — Temo, no entanto, que não esteja à venda.

— Ora, que lamentável isso. Sinto muito, realmente — deplorou Charlotte num tom magoado.

O homem seguiu a conversa adiante com o claro intuito de não a deixar fazer nenhuma oferta pelo mecanismo.

— Em qual outra peça está interessada, senhorita?

— Ah, bem, eu imagino que esta segunda não esteja exposta aqui na loja, nem esteja em seu catálogo, mas estou interessada em seu Controlador de Cérebros. Ao menos foi assim que me falaram dele; imagino que o senhor não se refira ao instrumento com um termo tão vulgar. — O tom dela foi leve, mas ainda assim incisivo. Nem um pouco coquete.

O ancião perdeu a pouca cor que tinha no rosto. Sua morenice ficou macilenta e acinzentada. Os lábios se abriram, suas pálpebras fecharam rapidamente enquanto seus olhos focavam um ponto qualquer no chão à sua direita, mas o homem era duro na queda e se recuperou num átimo.

— Não imagino do que possa estar falando, senhorita.

— Estou falando de negócios, dr. Pena — Charlotte manteve o tom firme e sincero. — Já tive a oportunidade de roubá-lo outras vezes e ganhei muito dinheiro com isso. Nesta minha passagem pelo Rio, descobri que o senhor se encontra em dificuldades financeiras. Sua idade, a partida de seu benfeitor Real, seus gastos com invenções... Então, minha oferta de compra é para lhe dar algum retorno dos meus lucros com seus inventos.

Pena negou com a cabeça, os olhos arregalados.

— Já me roubou? Outras vezes? Quem diabos é a senhorita?

Charlotte sorriu.

— Praticamente uma sócia sua, dr. Pena. Perdão, mas não vou me desculpar por isso. Devo boa parte de minha fortuna ao senhor. De qualquer forma, eu não costumo ser tão correta em meu ofício, então por que não aceita minha oferta de compra? Eu lhe garanto que seu invento está valendo o suficiente para deixá-lo confortável pelo resto de sua vida. Gastando o quanto quiser.

O dr. Pena tinha as mãos agarradas aos apoios do braço de sua cadeira motorizada. Charlotte notou os nós dos dedos dele ficarem brancos. Ficou catalogando as emoções que perpassavam seus olhos vítreos e empapuçados: assombro, horror, medo, raiva, dúvida.

— Mesmo que um artefato dessa natureza existisse, senhorita — ele finalmente conseguiu falar —, por quais motivos eu o entregaria em suas mãos?

Charlotte ajustou as luvas de pelica.

— Dinheiro, querido! Não é óbvio?

— Se eu estivesse atrás de dinheiro, certamente já teria vendido um invento como esse, não concorda?

Agora o homem tinha só raiva. Ela catalogou isso junto aos outros registros.

— Bem... — Charlotte ergueu os ombros com um ar inocente — ...talvez não tenha recebido a proposta ideal.

Pena a olhava como se ela fosse aberração. O que era impressionante, pensou Charlotte, já que ele mal a conhecia e nunca a tinha visto em suas vestes clássicas de *aberração muitíssimo* bem-resolvida. O rosto do homem ia ficando cada vez mais fechado e escuro.

— Gostaria que se retirasse, senhorita.

— Dr. Pena — Charlotte interpôs com dó —, entendo seus pudores, mesmo achando-os *démodé*, mas não está sendo racional. Posso lhe fazer uma segunda oferta? Veja, o senhor me vende o artefato e eu lhe garanto que, após meu uso dele, o destruirei para que não caia em mãos erradas.

— As suas não são mãos erradas, senhorita? — Pena se inclinou um pouco para frente. Parecia capaz de partir para ameaças, o que lhe roubava o ar de bom ancião.

Charlotte suspirou.

— Bom argumento, doutor. — Ela fez uma pequena pausa e voltou à carga. — Mas pense, serão as únicas mãos erradas. Eu lhe garanto que seu artefato, embora brilhante, tiraria parte da graça do meu trabalho. Assim, prefiro que ele desapareça após eu completar a minha missão. O que me diz?

As cores voltaram ao rosto do homem e ele ficou cor de terra vermelha.

— Retire-se, senhorita! Não pedirei novamente.

Charlotte abriu as mãos como quem não tem mais nada o que fazer e se dirigiu para a porta. Voltou-se antes de cruzá-la.

— Apenas, humm, há um nome menos tolo que Controlador de Cérebros para o artefato? Direcionador Verbo-comportamental a Distância, por exemplo? DVD é uma sigla ótima.

— Mais uma palavra e vou ter de chamar a guarda municipal, senhorita.

Com a imagem da piedade em seu rosto, Charlotte voltou a suspirar.

— Se quer assim, doutor.

Boite fechou a porta atrás de si. Sua oferta fora sincera, mas ela certamente já contava com uma resposta cheia de pudores. Sua visita fora mesmo para localizar onde o artefato estava e o velho entregara sem perceber. Teria de agir naquela mesma noite, pois tinha certeza de que o dr. Pena ia movê-lo consigo e depois escondê-lo em algum lugar distante. Talvez até o destruísse.

Charlotte descartou esta hipótese. O homem era obviamente um poço de vaidade, logo destruir uma invenção seria matar um filho. Se ele pensasse diferente, teria lhe vendido o pequeno imperador de corda. Irritou-se por um instante ao se lembrar do autômato. Teria de ir a dois lugares diferentes na mesma noite.

LADRÃO MONARQUISTA

Conhecido como o inventor do imperador, o notório doutor Pena informou esta manhã ao delegado de polícia do bairro de Botafogo que foi assaltado duas vezes na noite passada. O gatuno se infiltrou em sua loja de relógios, sita no Largo de São Francisco, roubando um invento não terminado.

Depois, sem se contentar com o feito perverso, o ladrão ainda surrupiou um de seus mais valiosos objetos: um autômato de grande precisão que representava o velho ex-imperador do Brasil em sua atividade de escrever cartas para sua ampla correspondência.

Muito nervoso, o doutor Pena se recusou a receber os repórteres deste jornal. Desmentiu, porém, o comentário à boca pequena de que no lugar do autômato fora encontrado um gordo maço de libras esterlinas.

O delegado Pederneiras afirmou em meados desta manhã que seus detetives não têm pistas do ousado larápio e que há poucas possibilidades do antigamente prestigiado inventor reencontrar seus pertences. Se a polícia está perdida, como estarão, então, os cidadãos da gloriosa Capital Federal, pergunta este colunista? Até quando nossa pobre São Sebastião continuará à mercê dos descarados amigos do alheio?

Londres, 1891.

A sombra de um dirigível cobriu a rua e Lord Henry Fernsby consultou o relógio antes de recolocá-lo no bolso do colete. Estava perfeitamente no horário. Recostou-se no banco do Benz Velo, sabedor dos olhares negativos que o carro alemão recebia pelas ruas de Londres. Com uma pontada de contrariedade, bateu no ombro do motorista com a cabo da bengala, pedindo a ele mais velocidade. Sua idade o fazia se irritar com a ideia de que usar um objeto importado fosse visto como um crime de traição. Ora, a própria rainha só não era alemã por um cuidado deliberado de seu augusto pai. Ainda assim, atrair muita atenção naquele carro, escolhido somente por sua velocidade, não era algo inteligente.

Lord Henry Fernsby baixou a cartola e fixou o olhar à frente, esperando ser reconhecido por um mínimo de transeuntes. Por outro lado, já não tinha mais vontade de flanar o olhar pela capital do Império como antes. A cidade já não parecia lhe pertencer ou se assemelhar aos anseios de sua juventude. Por conta disso, Fernsby passara a comparar atravessá-la com uma jornada ao interior de uma caixinha de música. Alguns a comparavam a um relógio, no entanto, mesmo com todos os patrulheiros de ferro, era óbvio que não havia tanta precisão. Londres era claustrofóbica como uma caixa, barulhenta em sua música metálica cheia de rodas e geniosa como uma mulher. Certamente era um erro compará-la a um relógio.

Pouco depois, entrou no clube masculino e foi recebido com o nível de sua importância. Incomodava-o ser o contato para aquela movimentação, mas não podia se negar a cumprir um pedido do herdeiro. A família toda estava preocupada com o súbito encantamento da rainha com o indiano. Um indiano do Islã privando da intimidade de Sua Majestade... Impensável! Ele partilhava da inquietação que varria a Casa Real.

Talvez fosse a idade da velha rainha pesando, imaginava. Alguns já haviam lhe sugerido, inclusive, que era a loucura voltando ao seio da família real. Lord Henry Fernsby não compartilhava dessa ideia. A lucidez de Sua Majestade era invejável. E, de fato, era isso que o preocupava acima de tudo.

Afinal, ninguém dá atenção verdadeira aos loucos.

Por outro lado, uma velha dama que se sente carente de atenção e amor filial, pode procurá-lo em outro lugar. O que pese é que esse lugar era o secretário indiano de sua majestade. Um indiano do Islã! Maldição!

A comoção ia além da família real, já que nos últimos meses até os aliados hindus passaram a demonstrar temores com essa estranha amizade. Todos estavam ansiosos e tensos. E a clara preferência era pela eliminação de Abdul Karin do convívio de Vitória. Lord Fernsby segurou um suspiro — que certamente não era adequado a um cavalheiro de Sua majestade — enquanto entregava seu chapéu e bengala ao mordomo do clube. Não apreciava toda aquela movimentação, de fato. Porém, sentia-se impotente.

O homem que o aguardava, felizmente, não tinha uma aparência vulgar. Pelo contrário, era sóbrio e distinto em suas roupas escuras e sapatos muitíssimo bem engraxados.

Um cavalheiro, sem dúvida. Lord Henry Fernsby o descreveria como magro, de estatura mediana e com modos tão impecáveis quanto o bigode. Chamava atenção pela beleza jovem e vigorosa. O homem se ergueu da cadeira para cumprimentá-lo.

— Charles Boite — disse ao apertar sua mão. — É um grande prazer conhecê-lo, Mylord.

O mais velho devolveu o cumprimento, mas foi bastante franco assim que se sentou:

— Seu sotaque, senhor Boite. Eu não o consegui distinguir, é de que parte da Grã-Bretanha?

Boite lhe ofereceu elegantemente uma caixa de charutos e fez sinal ao criado para que viesse prepará-los antes de responder:

— De todas e de parte alguma, Mylord. Não há nacionalidades na minha profissão.

— Entendo — disse Lord Fernsby com ares de quem considerava aquilo uma bizarrice —, mesmo que não seja o usual. Ainda assim, seu nome e seu conhecimento de minha língua, bem como, obviamente, o sotaque, são...

— Estudados e trabalhados para parecerem o que são — disse Boite com calma. — Tive um pai inglês uma vez, Lord Fernsby. Isso me ensinou que um sotaque e um nome britânico abrem muitas portas.

— Uma boa parte delas, eu imagino.

— Com certeza — sorriu Boite sob o bigode. — Quanto às renitentes, aprendi a arrombá-las.

O tom bem-humorado não permitiu que Lord Fernsby soubesse se era piada ou não. Tinham lhe dito que o homem era um ladrão. Talvez o melhor, pois Lord Fernsby sabia pouco a respeito dele e bons ladrões devem ser discretos. Resolveu ir diretamente aos negócios.

— Imagino que já tenha o artefato em mãos? — perguntou, solene.

— Está em meus aposentos aqui no clube. O senhor poderá dispor dele assim que acertarmos a troca — disse Boite, tirando a chave do bolso do colete. — O senhor me entregará o envelope e eu lhe entregarei a chave. Nos despediremos e eu sairei pela porta da frente sem olhar para trás. Não creio que voltemos a nos encontrar.

Lord Fernsby não moveu um músculo.

— Queremos que o senhor opere o artefato — afirmou. — Dobraremos o seu...

— Perdão, Lord Fernsby — Boite o interrompeu, deixando-o chocado com a impertinência —, mas isso está fora de cogitação.

— Triplicarem... — A mão fina de Boite se ergueu no ar e Lord Fernsby parou a palavra no meio, novamente indignado com a arrogância do homem.

— Melhor não continuar, meu caro. Acabaria me oferecendo as Joias da Coroa, e eu ainda negaria. Aliás, se as quisesse, já as teria roubado.

Lord Fernsby pareceu ter engolido um inseto.

— Mas precisamos de um operador!

— Isso não é de forma alguma um problema meu, Lord Fernsby. Meu ramo de negócios é o de aquisições. Tão somente. Riscos moderados e o máximo de lucro. Quanto ao operador, as instruções estão ao lado da máquina; achará quem saiba lê-las e aplicá-las.

Boite estendeu a mão com a chave e a outra vazia, para receber o envelope. Lord Fernsby continuou na mesma posição.

— Está enganado sobre as nossas intenções, senhor Boite. Ninguém pretende um assassinato. Será apenas mais um atentando. Deve saber que não é o primeiro e talvez nem será o último. Queremos o melhor para a nossa velha dama. Este, como os outros, se perderá na História como uma coisa de nada. A única vítima que realmente pretendemos é o afeto que a dama sente pelo rapaz... — Lord Fernsby fez uma pausa, procurando a palavra. — ...de cor.

Boite sabia do que se tratava. O desconfortável criado indiano e muçulmano da rainha era de domínio público. Na Inglaterra, poucas opiniões estavam a seu favor. A Casa Real lhe era frontalmente contra, mas um capricho da rainha o mantinha havia anos ao seu lado. Nos últimos tempos, ela passara a assinar cartas para ele chamando-o de filho.

— Suas razões e pretensões não me interessam, Lord Fernsby. Eis a chave. Por favor, meu pagamento.

O envelope finalmente saiu do bolso do paletó de Henry Fernsby e foi trocado pela chave.

— É um negociador brutal, senhor Boite.

O homem sorriu com o charme próprio dos que estão satisfeitos com aquilo que obtêm.

— É uma técnica, Lord Fernsby. Todo negócio pode ser o último. Então, deve ser exatamente como queremos que seja, sem concessões. — Ele se ergueu da cadeira e esticou a mão para o nobre, que a apertou reticente. — Imagine algo assim aplicado à política.

LONDRES ESTÁ EM CHAMAS.

As bombas caem como chuva sobre a cidade. Os dirigíveis suicidas que as carregam ou **EXPLODEM** ou são abatidos após despejarem suas cargas. Os soldados de ferro patrulham as ruas desertas, localizando e levando para abrigos subterrâneos os atônitos súditos da **RAINHA MORTA**. Vitória Regina, **ASSASSINADA** por seu criado das colônias, deflagrou, com sua morte aos 72 anos, uma **GUERRA JAMAIS IMAGINADA**. Abdul Kharin foi preso após ser encontrado chorando sobre o corpo da mulher que o chamava de filho. Estava confuso e negava ter feito o que fez por sua vontade.

A justiça britânica teria condenado e executado o homem não fosse por um detalhe: a descoberta de que este agira sob o comando cerebral de uma **MÁQUINA DEMONÍACA**. Para o **PAVOR** e **ESPANTO** da boa sociedade mundial, a máquina foi encontrada nos aposentos do Príncipe de Gales, o herdeiro do trono, por seu irmão, o Príncipe Arthur, ferrenho crítico do indiano. **ACUSADO** pelo irmão de **FORJAR** a culpa do "Munshi", como era chamado, para favorecer os hindus em detrimento dos muçulmanos e para tentar acelerar a sucessão ao trono, Eduardo VII, já declarado rei, foi **DEPOSTO**.

A guerra dinástica que se segue — digladiando interesses da Alemanha, Rússia, das colônias e da maioria das cabeças coroadas do continente, ligadas por laços de sangue à realeza britânica — hoje **ASSOMBRA** o mundo. Pode-se falar, sem quaisquer dúvidas, que adentramos em um terreno novo e inóspito. Um combate tão amplo que será conhecido como **A PRIMEIRA GUERRA VERDADEIRAMENTE MUNDIAL**.

O dr. Pena desligou o rádio. Tirou os óculos e apertou os olhos com força. Achava que, depois do Paraguai e do que acontecera na América Central, seus inventos não poderiam fazer nenhum mal maior. Enganara-se. Seu gênio, que fora capaz de criar maravilhas, tornara-se responsável por matanças sem fim. No futuro, a História o execraria. Seria o arquétipo do mau uso da ciência. Seria o mais odiado dos cientistas.

Um barulho vindo dos fundos da propriedade chamou sua atenção. Ficou esperando os cães latirem, mas eles não o fizeram. Após o roubo de seu invento, o dr. Pena reforçara ainda mais a segurança em torno de sua casa, com alarmes espalhados em todos os cantos. Alguns eram mecânicos, como armadilhas escondidas; já outros acionavam engrenagens que poderiam matar o invasor. Havia ainda alguns que punham em ação mecanismos sonoros de volume altíssimo.

Pena, porém, só ouviu silêncio após o primeiro barulho.

O velho movimentou sua cadeira por toda a casa, vasculhando cômodo por cômodo, sem encontrar uma só janela que houvesse sido forçada. Ainda inquieto, tomou o elevador e o acionou para descer ao laboratório que ficava escondido sob o assoalho da relojoaria. O barulho de metal contra metal soou muito alto na quietude da noite. Ernestina, única criada da casa e surda como uma porta, não acordaria com o barulho, pois não dormia com o aparelho que o dr. Pena lhe fizera a partir dos estudos de Bell. E, caso acordasse, por certo, não estranharia o patrão descer àquelas horas para o laboratório.

O elevador parou com um estalido alto e pesado. O velho abriu a porta de ferro, empurrando a sanfona com uma força que não se acreditaria que ele tivesse. Depois, movimentou a cadeira até a parede à esquerda e acendeu as luzes com um interruptor que, de forma barulhenta, foi fazendo chiar e queimar uns 100 ou 200 bicos de Tesla até não haver um canto escuro. A segunda sala, onde ficava o espaço em que guardava seus inventos finalizados ou abandonados, porém, permaneceu às sombras.

O dr. Pena tentou mais duas vezes acender as luzes com o interruptor, porém, não teve sucesso. Com o cenho franzido e os ombros muto tensos, ele moveu sua cadeira até o batente de entrada do depósito. Lá dentro, encostado à mesa que ficava ao centro, a ladra — tinha certeza de que se tratava da mulher que o inquirira na relojoaria, semanas antes — o aguardava. A silhueta esguia em roupas justas e masculinas estava recortada pela luz que vinha da oficina e por uma cigarrilha que ela fumava despreocupadamente.

— O que veio fazer aqui? — Rosnou o velho, furioso consigo mesmo por não ter trazido seu revólver.

— Devolver sua pequena máquina, doutor — o tom era feminino e despreocupado, com uma arrogância que Pena não ouvira nem na aristocracia.

— Agora? — Ele quase berrou. Nesses momentos sentia falta de suas pernas. Elas levariam seus punhos até o rosto daquela criatura. — Depois de colocar o mundo em chamas? Depois de matar a rainha da Inglaterra?

Ela mudou imediatamente a postura, ficando rígida.

— Eu não matei ninguém, doutor. Não sou uma assassina.

— Não é? — Pena aproximou a cadeira dela e se inclinou para frente. — Você nem sabe o que é, criatura! Eu pesquisei suas ações. Ora, apresenta-se como *Miss* Boite; ora Mister, você é...

— O que o meu serviço me pede para ser, dr. Pena. — O tom foi cortante, mas não agressivo. — Como em qualquer serviço do mundo, inclusive o seu. Mas posso lhe garantir: eu não mato!

O velho se recostou na cadeira, ainda furibundo.

— Por que trouxe meu invento de volta?

Boite movimentou a cabeça num gesto que traduzia aborrecimento.

— Acho que nós dois concordamos que seu *invento* já causou estragos suficientes, certo? Sinceramente, acho que não deveria inventar coisas assim, doutor.

O dr. Pena fechou suas mãos em punho.

— Eu? Eu sou o problema? O que sobra a você, seu... ladrão? Ladra! Sei lá o que!

Boite tragou a cigarrilha antes de responder, com um suspiro, por entre a fumaça:

— Não estou neste ramo por glória ou heroísmo de qualquer tipo, meu caro doutor. Se me interessasse por isso, teria escolhido outra profissão. Faço o que faço, e muito bem, aliás, unicamente pelo dinheiro.

O dr. Pena ficou negando com a cabeça, enojado.

— Você é um verme! Deve ser um homem, pois certamente as mulheres são melhores. — A criatura gargalhou. De forma muito feminina, aliás. — Além disso, como posso acreditar em qualquer coisa que venha a me dizer? Nenhum noticiário informou sobre o sumiço da máquina.

— Ora, doutor, isso não lhe parece óbvio? — Ela movimentou os braços enfatizando seu ponto de vista. — Os ingleses não desejam que outros países saibam que já não a possuem mais.

Pena continuava revoltado com tudo aquilo.

— E qual é o seu interesse em devolver a máquina a mim?

Boite baixou o rosto e Pena pôde vê-lo — ou seria vê-la? — mais de perto. As maçãs altas no rosto moreno, os cabelos bem curtos , sem qualquer indício visível de ser um homem ou uma mulher.

— Eu sempre faço isso, não faço?

O invento que fizera horror naquela guerra civil da América Central. Sim, ele também reaparecera, mas Pena, na época, não entendeu. Também, não tinha ciência das atividades de Boite.

Ela arrepiou os próprios cabelos, empertigando-se.

— Eu não quero que mais pessoas do que as envolvidas liguem este invento ao senhor. Pode não parecer, dr. Pena, mas em todos esses anos em que roubei e vendi seus inventos, eu desenvolvi uma espécie de *carinho* pelo senhor. A esta altura da sua vida, eu não gostaria de vê-lo em uma situação desconfortável.

— Poupe-me do seu cinismo, monstro.

Boite jogou a cigarrilha no chão e amassou a ponta com o pé. Sua silhueta ficou mais difusa.

— Sim, sim, o monstro sou eu. Também investiguei o seu passado doutor. Ouso dizer que o conheço quase tanto quanto o senhor próprio. — As palavras dela pairaram diante dos olhos arregalados do inventor. Então, Charlotte Boite sorriu. — Culpa, culpa — ela levou o punho ao peito, mas não parecia algo encenado ou superficial. Era estranhamente convincente. — Vamos dividir mais esta, doutor. Felizmente, é provável que o senhor viva menos que eu. Então, creio que o seu pesar durará menos do que o meu.

A amargura retorcia os cantos da boca do velho.

— Não acredito que sinta culpa. Não uma coisa como você.

— Está enganado, doutor. — O tom de Boite parecia deliberadamente ambíguo. — "Coisa" é quem faz inventos como os seus, deslumbrado pelo próprio intelecto, sem medir consequências. "Coisa" é quem acredita que a ética é inferior à ciência, à crença, à política, à religião. "Coisa" é qualquer um que elimine a humanidade em outro ser humano e substitua apenas por aquilo que quer ver.

O dr. Pena abriu a boca para responder, mas as palavras faltaram. Ela prosseguiu implacável.

— Não sou um empecilho ao que as pessoas querem e me pagam para obter. Mas não vou carregar a culpa pelas coisas horríveis que elas fazem com coisas horríveis que outras pessoas nunca deveriam ter inventado! Tenho uma ética avessa, mas eu a tenho, porque não sou uma "coisa", doutor.

Um dos bicos de Tesla chiou mais alto e explodiu. Na sequência, todas as luzes se apagaram e o laboratório mergulhou no breu. Boite desapareceria agora, Pena sabia disso. Entretanto, a voz mais feminina da ladra, ou o que quer que fosse, soou de um ponto distante dentro da oficina.

— Para constar, dr. Pena: como das outras vezes, estou devolvendo seu invento devidamente quebrado. Por favor, não o conserte.

VINGANÇA

A terra fina sobre as tábuas do piso da varanda raspou na sola dos sapatos de Charlotte Boite. Era um barulho antigo em seus ouvidos, daqueles capazes de evocar um número insuportável de memórias. Quase todas ruins.

Boite parou por um instante diante da porta. Sua figura, emoldurada na porta aberta — sempre enganosamente aberta —, era recortada pela luz do dia quente como a de um retrato em negativo. Não tirou sua cartola sofisticada, feita de pelo de castor, mas ajeitou a lapela do casaco em berrante tom de roxo. O tecido de lã fina obviamente não combinava com a temperatura, que pedia os linhos leves, próprios para o abrasador verão sulino. Boite deu um suspiro de enfado; não era a primeira vez que sacrificava seu conforto pela elegância. E, com certeza, sua audiência com o *coronel* pedia, acima de tudo, estar com sua *toilette* mais poderosa, inconveniente e irritante.

Uma sombra em movimento no interior da casa fez com que resolvesse chamar atenção para a sua chegada. Bateu o chão com a bengala de castão de ouro, trabalhada em madeira de ébano. Uma ametista nada menos que escandalosa, com lapidação de diamante, completava a empunhadura.

A mulher de roupas claras parou ao ouvir o baque seco e levou a mão ao peito, parecendo um tanto assustada. Ela não procurou o crucifixo que pendia visível do pescoço, mas uma guia colorida, disfarçada sob o decote. Boite lhe deu um sorriso de reconhecimento. A mulher quase correu em sua direção.

— Você veio! — Uma mistura de encanto e apreensão soou na voz da velha senhora.

Boite abriu um sorriso enquanto entrava na casa sem esperar um convite formal.

— E você *ainda* está aqui! — Usou um tom semelhante, porém colorido de pena e tristeza.

A mulher lhe pareceu um pouco ressentida, um pouco brava.

— E pra donde mais iria uma velha como eu? A liberdade que eles falam não veio com um bolsa de dinheiro, não. Aqui tenho trabalho e comida enquanto coronel tiver vivo.

Boite sacudiu a cabeça de um jeito próprio.

— O que esperamos que não seja por muito tempo.

Ela devolveu uma expressão chocada.

— Você não devia dizer essas coisas...

— Ah é... — Boite fez um gesto de desdém com a mão. — Ouvi dizer que Deus castiga. Mas, veja, minha querida vó Ana, eu acho que é Deus que está me devendo. Afinal, ter o coronel como genitor sempre me pareceu castigo mais do que suficiente.

Vó Ana torceu a boca em desagrado, mesmo que os olhos tivessem um brilho diferente. Quase feliz.

— Você também não devia me chamar assim.

Boite ergueu uma sobrancelha desenhada.

— Oh! Isso também é pecado? — Um sorriso veio aos lábios. — Não creio. — Inclinando-se, deu um beijo na bochecha fofa da mulher. — Onde está o demônio?

Vó Ana olhou por cima do ombro, em direção ao longo corredor.

— No quarto. Ele sai pouco de lá agora, mas consegue andar, apesar de precisar da bengala. Como odeia ficar na cama, Manoel e eu o ajudamos a sentar perto da janela. Depois, quando o sol baixa, ele pede pra se sentar na varanda. Então, o povo vem pedir a benção e falar dos trabalhos do dia.

Boite deixou escapar um riso desanimado.

— Tenho um quadro claro disso na cabeça. Infelizmente. Deixe-me adivinhar o resto. Ele termina a sessão berrando com todo mundo, então se diz cansado e volta pro quarto pra resmungar até a hora de dormir.

A velha ergueu os ombros resignada.

O silêncio se estendeu por alguns instantes, então, Boite esvaziou os patacões de ouro de um dos bolsos, tirou uma pulseira de diamantes do pulso e os entregou nas mãos da avó. Os olhos da mulher se arregalaram quando seus dedos foram fechados em torno de tanta riqueza. Boite fez com ela olhasse para seus olhos enquanto dizia:

— Não precisa ficar aqui, está bem? Vá embora, se quiser. Leve quem quiser com você.

A mulher olhou para o dinheiro e os diamantes com os olhos saltando das órbitas.

— Onde conseguiu?... Ah, nem vou perguntar, sei que não vai dizer, mas, ah! Minha criança, se eu me for, quem há de tomar conta da casa? Quem há de cuidar do coronel?

O rosto de Boite refletia apenas desinteresse.

— A casa não vale sua preocupação. E ele? Bem, acho que dele pode cuidar quem sempre cuidou: o diabo.

Não houve como disfarçar o ódio no final da frase, então Boite baixou a cabeça para que ela não visse seu desejo de mandar o homem para o inferno. Por suas próprias mãos, de preferência. Sabia que sua avó ficava incomodada com essas coisas.

Hesitou diante da porta fechada. Uma quantidade significativa de memórias atropelando sua vontade de invadir o quarto e impor sua presença. Mas estava ali porque ele mandara chamar. Odiava ter de vir, mas veio. Nunca teria vindo por vontade própria, então não estava se impondo a nada, não é mesmo? A pergunta que não havia abandonado sua cabeça em toda a viagem até ali fora: por que viera? Por que atendera novamente a uma ordem do coronel?

Lembrou-se da mão suave da mãe segurando a sua. Batendo naquela mesma porta para ensinar como pedir a benção do pai. Ou quando, anos depois, a mão trêmula da mãe apertava carinhosamente seus dedos finos antes de entrarem naquele quarto para que o coronel castigasse as *estranhezas* de Boite com uma cinta. A mãe conseguira demover o coronel de usar o relho. Antes das sessões de espancamento — às vezes durante — tinha de ouvir sobre seu sangue ruim, aquele que vinha de sua mãe, de seus ancestrais. Sua mãe bastarda, filha de um branco estuprador. Para seu pai, as fraquezas de Boite vinham de sua mestiçagem. Então, as pauladas iam também para a mãe, para a mulher que lhe dera uma cria abjeta.

Talvez tenham sido essas memórias que fizeram com que batesse à porta com impertinência usando o castão de sua bengala. O "entre" do coronel — mesmo com a voz alquebrada de velho doente — fez com que estremecesse. Ódio demais. Abriu a porta pensando que não deveria ter voltado.

O olhar de desgosto do coronel foi breve, mas o suficiente para que Boite se congratulasse: não havia perdido a mão em entradas triunfais diante dele. O homem não se virou de novo, manteve o rosto empapuçado de sapo velho voltado para a janela. Estava acomodado em uma cadeira de balanço feita de madeira sólida, mas sem lustro, sem qualquer refinamento. Aliás, com todo o dinheiro, coronel sempre tivera um gosto pendendo para o espartano. A luz que vinha de fora tinha que se esforçar para ultrapassar as paredes grossas que emolduravam a janela alta e alongada. Uma coberta tapava as pernas meio inúteis do homem. Um relho e um mata-moscas descansavam em uma mesinha ao alcance de sua mão.

— Nunca vai se vestir como uma pessoa decente? — foi forma do velho lhe cumprimentar.

Boite verificou as lapelas do redingote roxo-beringela, as rendas dos punhos — um pouco exageradas no conjunto, mas ainda elegantes —, as calças em risca-de-giz e os sapatos lustrosos com polainas. Retirou a cartola de pelo de castor, da mesma cor do redingote, bateu as luvas de pelica — de um preciso tom de areia — nos grãos invisíveis de poeira próximos aos ombros e sorriu.

— Ah, por favor, coronel. Eu sou a face da perfeição. Não tenho culpa se seu senso de moda sempre foi o de um batráquio de brejo, se não pior.

O velho rosnou enquanto engolia a vontade de perguntar ao que havia sido comparado. Boite riu e jogou os olhos ao redor do quarto apenas o suficiente para perceber que o lugar estava igual. As paredes caiadas precisavam de retoque, a madeira escura e pesada dos móveis não tinha lustro. O chão estava limpo, mas parecia entranhado de uma gordura antiga. Cheirava da mesma maneira, embora notas de velhice e dejetos tenham se juntado ao conhecido alecrim dos travesseiros e cobertas, além daquela essência rançosa que sempre acompanhava o coronel. Retendo a náusea, Boite caminhou até uma cadeira em frente à do velho. Colocou no movimento todo o barulho que conseguiu. Era deliberado, já que podia se mover praticamente sem deslocar o ar quando queria.

VINGANÇA

O rosto do velho ia ganhando cores muito divertidas, e expressões ainda melhores de raiva, nojo e exasperação. Mesmo que não viesse para nada, incomodar e torturar o monstro com sua presença, já era suficiente para pagar a viagem.

— Não mandei se sentar.

— Eu sei — desdenhou Boite. — Vou sufocar de preocupação. Por que me chamou?

Enquanto falava, abriu sua caixa de cigarrilhas e em movimentos rápidos acendeu uma. Sacou uma piteira do bolso interno e já se preparava para a primeira baforada.

— Não fume aqui.

Um sorriso dançou na boca pintada com um *rouge* suave.

— A frase que está procurando, coronel, é: não exista.

O velho entortou a boca e ficou mastigando e resmungando baixo. Boite tragou, soltou a fumaça no ar fazendo anéis e passou a língua sobre os dentes saboreando. Canela. Deu uma breve olhada para cigarrilha. Tinha valido à pena trazer aquela belezinha da Índia. Deixou o silêncio se alongar. Odiava ficar na presença do coronel e a recíproca era idêntica, porém seu estômago era bem treinado para suportar o nojo do velho.

— Estou morrendo.

A voz dele era uma capitulação cheia de ressentimento.

— Uau! Chegamos rápido às boas notícias?

O velho inspirou profundamente. Continuou com o olhar na janela.

— Você vai herdar tudo. O que vai fazer? Torrar em sem-vergonhices?

Boite jogou a cabeça para trás e riu.

— Ah, Deus meu, você tem pesadelos com isso, não é?

— Não fale em Deus com essa boca imunda!

Inclinando o tronco para a frente e sorrindo, Boite manteve o tom.

— Tem razão, esse deus é muito antiquado. Acho que vou invocar outro. Shiva, quem sabe? Ou Dionísio? Não... Acho que Exu seria melhor.

— Cale-se! — O coronel ergueu a voz e se persignou numa atitude devota e rara. — Não tenho que ficar ouvindo você blasfemar!

Boite jogou o corpo na cadeira e voltou a rir. As orelhas do velho tinham um tom vermelho-carne intenso, pareciam prestes a cair.

— Minha sugestão é: então seja breve, coronel. Isso poupará a nós dois.

Finalmente, o homem se dignou a olhar em sua direção.

— Não respondeu minha pergunta — A voz rouca soava como nunca com um rosnado. Ele estava preocupado por não conseguir deixar sua herança para mais ninguém além da única cria que tivera na vida.

Boite fez um gesto teatral antes de responder. Havia naquele dinheiro um tipo de sujeira particular, íntima. Uma sujeira que não queria em suas mãos de jeito nenhum.

— A resposta é: não preciso do seu dinheiro. Pode pegar sua estância e enfiar onde o sol não bate. Ou faça uma coisa decente na vida e deixe para quem trabalha nessas terras. Ou venda e mande que o enterrem com o dinheiro. Pouco se me dá.

O velho voltou a mastigar o nada. As papadas do rosto se mexendo gelatinosas em cima do maxilar apertado de raiva. Boite se limitou a outra tragada. Em algum momento, seu progenitor acabaria por desembuchar o motivo de ter chamado de volta a pessoa que ele havia espancado por toda a infância e que, na adolescência, havia forçado a fugir de casa com a roupa do corpo. Desde aquela época, nos poucos encontros que tiveram, Boite fizera questão de desfilar nada menos que luxo e opulência diante dele. Então, o velho sabia que as terras não fariam diferença na fortuna que Boite amealhara.

— Tem uma coisa... Eu não quero morrer sem saber o que aconteceu. Então, eu... preciso que investigue uma coisa pra mim.

— Acho que você entendeu mal meu ramo de negócios, coronel.

O velho se ajeitou na cadeira de balanço e ignorou suas palavras.

— Têm acontecido umas coisas estranhas por essas bandas. Coisas que não são de Deus.

Boite escorou o queixo delicadamente sobre os dedos, o braço apoiado com elegância em um joelho que cruzava a outra perna.

— De qual dos deuses?

O velho levou a mão ao relho; como Boite não pareceu se intimidar, ele acabou soltando. Suas feições, porém, estavam em franca deformação por raiva. Por ódio. Por impotência.

— A filha de um agregado foi enfeitiçada.

Boite piscou.

— Quê?

O velho não pareceu notar que a incredulidade de Boite se direcionava à ideia de feitiço.

— A filha do finado Arruda e da Ignácia, você deve se lembrar deles. A menina quase morreu. Chamaram um *curador de feitiços* pra salvar a guriazinha.

— Espera — interrompeu Boite. — Eu não investigo coisas. Muito menos lido com sobrenatural. Vou explicar, novamente: eu trabalho no ramo de aquisições, transferências de valores, máquinas fabulosas e de novas descobertas, por assim dizer.

Sua fala foi completamente ignorada. O velho sequer lhe dedicou um olhar.

— A criança melhorou. Mas aí apareceu um forasteiro, vindo do litoral. O povo diz que é também um feiticeiro muito forte. E parece que ele tem ou tinha uma máquina, eu não sei. Você não acabou de falar que lida com essas novas engenhocas?

— Quando é preciso adquiri-las, sim.

Agora o velho olhou em sua direção.

— Roubá-las, quer dizer. Sei bem com o que trabalha, vigarista. Uma coisa barata como você é...

— Barata, não! — Boite o interrompeu, se empertigando. — Só roubo coisas caras e que me rendam muito. Olhe direito, coronel: acaso eu me visto com algo que lhe pareça remotamente barato?

A respiração asmática do coronel foi plenamente satisfatória e Boite voltou a se recostar na cadeira. O velho se virou de novo para a janela, deixando a luz de fora denotar os sulcos profundos sob a barba malfeita. Era um indivíduo tão quebrado que poderia dar pena. Mas não dava. Não para Boite. Depois de um tempo, o velho voltou ao seu assunto.

— O tal forasteiro espalhou que, com essa máquina, podia detectar bruxos que tinham pacto com demônio. Que era mais potente que um inquisidor em achar gente que não prestava e que ia contra os mandamentos de Deus. Além do mais, a máquina era capaz de tirar qualquer dúvida, pois mostrava a cara do malfeitor. O tal começou a atiçar as pessoas daqui da volta. Disse que se não matassem quem tinha mandado a doença pra guriazinha, logo a família toda ia morrer.

— Trágico — debochou Boite. Estava com ímpeto de se levantar, pois não via aonde aquilo tudo poderia ir. Óbvio que em meio àquele povo crédulo esse tipo de história se espalharia como um rastilho de pólvora. Se houvesse uma máquina num raio de 100 km que pudesse identificar gente ruim, o primeiro a ser nomeado seria o homem à sua frente. O velho, além de desprezível, tinha se tornado também um crédulo de merda.

— Quando consultaram a máquina, o tal convenceu a todos que o próprio *curador de feitiços* é que tinha envenenado a menina, e depois aparecido como salvador. Tudo pra roubar a alma da criança e entregar pro Coisa Ruim. E mais, disse que, se não se livrassem dele, não ia sobrar ninguém vivo naquela família. Tudo afirmado pelo forasteiro com o aval da tal máquina.

Boite deu um suspiro impaciente enquanto apagava a cigarrilha em um cinzeiro de pedra-sabão que tinha sobre a mesinha.

— Nem vou me cansar explicando que uma máquina assim é provavelmente uma enganação. Acredite, eu saberia se algo assim existisse. Então, imagino que tenham matado o tal homem, certo? Não precisa de quem investigue, você precisa é da polícia para ir atrás dos assassinos. E, de novo, eu não *investigo casos* nem lido com sobrenatural. Mas conheço quem faz isso. Se quiser, posso indicar uma agência de detetives no Rio de Janeiro que consegue inclusive lidar com máquinas e sobrenatural com a mesma eficiência: Guanabara Real é o nome. Aliás devo ter o cartão deles por aqui...

Estava buscando sua caixa de cartões quando o velho a interrompeu com uma voz meio estrangulada.

— O *curandeiro de feitiços* sumiu! Sim, ele pode estar morto, mas não há nenhum assassino pra prender porque...

Uns dias depois, o homem que o acusou, o forasteiro, também desapareceu. Depois, foram se sumindo todos os que participaram da caçada ao primeiro. Os agregados daqui da estância estão assustados. Duas famílias já resolveram ir embora. Ir morar na cidade.

Com um suspiro, Boite se levantou.

— Não dou a mínima. Por mim, esse povo vai todo embora daqui e você morre sozinho nessa cadeira, velho. Chamou a pessoa errada, em todos os sentidos possíveis.

Sem qualquer nível de paciência para desperdiçar, Boite se ergueu da cadeira e seguiu para a saída do quarto. Já não tinha nem mesmo a preocupação em fazer barulho para irritar o coronel. Colocou a cartola de volta à cabeça e estava a dois passos da soleira da porta quando a voz do velho chegou aos seus ouvidos.

— O *curador de feitiços* que foi acusado e sumiu é o Joaquim.

Os pés de Boite falharam no meio de um passo. Seu coração no meio de uma batida.

Joaquim.

Havia escárnio por baixo da voz alquebrada do velho quando ele falou:

— Parece que agora eu tenho a sua atenção.

Uma década e meia de treino e uma única respiração profunda facilitaram para Boite se virar e encarar o coronel. A postura e o meio-sorriso não denunciavam nada. Tinha as pernas levemente afastadas, como quem se prepara para a briga, e se apoiava gaiatamente na bengala em frente ao corpo. Tudo dissimulação. Jamais daria o gosto ao velho.

— Nem imaginava que Joaquim ainda estivesse por aqui. — Mentira. — Menos ainda que ele estivesse no rol das suas preocupações, coronel. — Uma mentira dupla.

— Ao contrário de certas pessoas, Joaquim nunca esqueceu de onde vinha a comida do seu prato.

Boite deu um trejeito com a cabeça apenas para irritar o coronel.

— O que posso dizer? Nunca fui de muita serventia para suas politicagens com as gentes da região. Joaquim, por outro lado, tinha o dom. Valor dobrado se comparado a mim.

O velho negou lentamente, a expressão cheia de desprezo.

— Joaquim vale três vezes o seu peso em ouro, coisa. Preciso te lembrar que, não fosse por ele, eu já tinha livrado o mundo de você.

— Ah, por favor, não se canse com isso. Eu me lembro bem. Tenho marcas inclusive. E sim, seu queridinho salvou minha pele e, por isso, está sempre em minhas orações e libações... — Boite fez uma pausa e acrescentou: — a Dionísio.

As mãos do velho pressionaram com força os braços da cadeira de balanço.

— Não há nada dentro de você, coisa? Joaquim pode estar morto e você faz piadas! Achei que, pelo menos ele colocaria alguma humanidade dentro desse corpo!

A bengala desequilibrou para o lado, mas Boite disfarçou com um passo que foi quase de dança e a colocou escorada sobre o ombro.

— Ele certamente colocou outras coisas dentro desse corpo. — Uma careta de nojo e horror deformou o rosto do velho e Boite ficou esperando que o pai tivesse uma síncope. Como não ocorreu, deixou que o riso em sua voz mantivesse a irritação do homem. — Coronel, coronel, não vamos entrar num debate sobre a humanidade. Não quando tenho por pai uma criatura como você, não é mesmo? Mas, é claro, tenho minhas dívidas com o Joaquim e vou procurá-lo. Como disse, não é minha especialidade reaver o que foi roubado, mas sempre dá para fazer uma espécie de engenharia reversa.

Os dois se encararam por instantes e décadas de ódio e decepção. Então, o coronel ergueu o queixo.

— Não vai conseguir informações se andar por aí com essas roupas, sabe disso, não sabe? A gente decente daqui não está acostumada com bizarrices.

O sorriso de lado de Boite virou uma risada.

— A mesma gente decente que deu sumiço no seu curandeiro favorito, coronel? Que Shiva me livre dessa gente de bem!

Na atual situação, se parecer com um rapaz era a opção rápida e, provavelmente, a mais fácil para se obter informações. Na cozinha, para onde havia seguido vó Ana, Boite tirou o redingote, a cartola e entregou a ela os itens junto das luvas e a bengala. Retirou as abotoaduras e dobrou as mangas da camisa, escondendo as rendas. Desamarrou o complicado nó da cravat e retirou-a juntamente com o colarinho. Despiu o colete e os suspensórios. Vó Ana negava com a cabeça a cada peça, como quem se persigna diante de uma criatura tomada pelo demônio.

Boite olhou por cima dos ombros da velha e fez um movimento para uma das duas meninas que estavam por ali, provavelmente crias da casa que ajudavam na lida.

— Você, consiga-me um par de botinas. — Boite se inclinou e tirou a polaina e um dos sapatos lustrosos e o jogou para a mocinha. — Mais ou menos desse tamanho.

Vó Ana deu um maneio de cabeça, ainda segurando todas as coisas que Boite lhe entregara, e a menina saiu apressada.

— Eu quero os detalhes — pediu Boite.

— O coronel não lhe contou?

A voz da anciã tinha dor e susto. Boite puxou uma cadeira e sentou, tirando o outro sapato.

— Contou a história. Eu não teria paciência para ouvir os detalhes dele. Prefiro que você me conte.

Vó Ana ficou uns minutos olhando para as roupas em seus braços, então soltou-as sobre mesa e puxou outra cadeira para si. A anciã se sentou pesada, o rosto carregado. Suas mãos se acomodaram sobre a mesa, as palmas claras e lisas contrastando com as rugas do dorso mais escuro e ressecado. Ela as apertava como que para segurar uma dor que vinha muito de dentro. Boite pegou seus dedos e os distensionou delicadamente. Esperou que ela pudesse falar. Então, depois de uns minutos, as palavras vieram.

— O Joaquim tem uma ferraria. Fica no caminho pra vila. Faz mais ou menos um mês agora que tudo aconteceu. Foi o João que me contou. Você se lembra do João? Filho mais novo da Tertuliana. Um bem magrinho, que fala se cuspindo todo. Pois o João estava lá, na ferraria, com o Joaquim, mais o Manoel Grande e o Tuca da Maria. Era de noitinha, eles tavam bebendo, pelo que o João disse. Aí chegaram uns seis homens, tudo armado de pistola e disseram que quem se mexesse morria ali mesmo. Era gente dos Arruda e uns vizinhos deles. Aí um homem que não é daqui da redondeza apontou o Joaquim e disse que ele era o *curador de feitiço* que tinha mandado a doença pra menina da viúva Inácia. Ele mostrou um desenho que veio de uma máquina e o João me disse que era a cara do Joaquim. Aí, os homem que tavam junto compararam e ficaram tudo furibundo de ódio. Eles pegaram o Joaquim e começaram a fazer maldades nele.

— Que tipo de maldade? — Boite tentou sem sucesso manter a voz tranquila. O tom da vó Ana estava mexendo com seus nervos.

— Umas coisas... muito horrível.

Os olhos marejados não sensibilizaram Boite a não insistir.

— Por favor, vó Ana. Que coisas?

— O João contou que os homens bateram no Joaquim e levaram ele pra fora da ferraria e manearam ele que nem bicho. — Boite não conseguiu disfarçar um tremor. Ainda assim, fez um sinal mudo para que vó Ana prosseguisse. — O tal que guiava a gente dos Arruda pegou a tal máquina que começou a vomitar papel em que tava escrito o que eles tinham de fazer, sabe? Com o Joaquim. E da máquina mesmo ele começou a tirar uns alfinetes, com uns fios. E eles começaram a colocar no Joaquim. Nos olhos. Nos ouvidos. E quando ele começou gritar de dor...

Vó Ana sufocou, a voz molhada. Boite fez um sinal para a menina que ainda estava na cozinha, assustada demais para sair do canto sombrio em que havia se enfiado.

— Traga água pra ela — mandou.

A menina se mexeu atabalhoada, mas trouxe a água. Boite fez vó Ana beber. E aguardou alguns instantes antes de perguntar:

— Fizeram o quê?

Vó Ana enxugou o rosto lavado com as palmas das mãos.

— Cortaram a língua dele. Cortaram a língua dele... e aí, levaram ele embora. Embora.

Vó Ana soluçou e não conseguiu mais falar. A menina finalmente pareceu ter alguma iniciativa, correu e a abraçou. Boite não conseguiu se mexer por vários minutos, apenas digerindo o que ouvira. Finalmente, a outra garota voltou com um par de botinas. Boite as enfiou nos pés e saiu pela porta da cozinha. Naquele momento, sequer tinha condições de consolar vó Ana. Mal tinha condições de se consolar.

Pela narrativa, não conseguia acreditar que Joaquim ainda estivesse vivo. Por que então o coronel pedira sua ajuda? O velho devia saber de tudo aquilo. Será que tinha alguma esperança? Ou apenas era cruel o suficiente para fazer com que Boite se arrastasse pelas cercanias até encontrar o cadáver de Joaquim? Se fosse isso, era claro que ele havia acertado o alvo. Boite não iria embora até saber o que tinha acontecido. Não era detetive, mas interpretaria algo semelhante a isso, já que era necessário; seria tão eficiente, que descobriria tudo e, se possível, traria Joaquim de volta.

Andou pelo caminho da casa até a porteira que dava para estrada limpando a mente e ajustando a postura e os trejeitos. Provavelmente, as pessoas que encontraria não se lembrariam de sua antiga identidade, então seria um sobrinho do coronel. Carlos. Carlinhos. Veio ajudar. O tio está velho, coitado. Arrasado com o sumiço, pois sempre teve Joaquim como um filho. Ia montando a história na cabeça, se convencendo, alterando seu jeito de olhar, testando a voz para achar o tom exato.

Quando chegou ao limiar da estrada, a nova personagem estava pronta. Não. Ele, sua personagem era um rapaz e, sim, ele estava pronto.

Colocou as mãos nos bolsos e saiu em direção à vila que ficava a uma meia légua dali. Não era tão longe. Poderia encontrar pessoas pela estrada e fazer perguntas. Poderia se lembrar e se esquecer de Joaquim o quanto pudesse. Das mãos de Joaquim. Da língua de Joaquim na sua boca. Da distância em que estavam havia tanto tempo.

Fora Joaquim que arrumara tudo para que escapasse dali. Ele tinha curado suas feridas da última coça dada pelo coronel, escondido seu corpo para que o pai não levasse a cabo a determinação de eliminar sua progênie vergonhosa. Joaquim não falara nada sobre o que o coronel tinha visto e que o levara a tal desatino de violência. Apenas cuidou de Boite, em silêncio, sem reprimendas.

Quando a esposa do coronel tinha morrido, após quase uma década de surras e tristeza, o homem não demorou muito a trazer uma amante para dentro de casa. Talvez ele achasse que Boite teria raiva da coitada. Mas céus, não! Tinha pena. E o filho dela? Tão dedicado, tão ávido em ter a aprovação do coronel, tão rápido em representar algum tipo de modelo filial que o monstro tinha na cabeça, era mais digno de pena ainda. Só uns dois anos mais velho, sem jamais ter conhecido o próprio pai, o garoto estava sequioso por um tipo de amor que Boite acreditava que o coronel jamais seria capaz de dar. No entanto, o velho tinha. Para o Joaquim, ele tinha esse amor.

Em Joaquim não importavam as diferenças. Sua fala era sempre tão ajustada, tão certa que o coronel só conseguia responder com orgulho. Afinal, o garoto tinha a maior vantagem de todas: não tinha nas veias o sangue ruim que o velho acreditava estar na esposa morta. Não tinha sobre si a degeneração que já manchava a descendência do coronel. Tanta terra, tanto poder, para o quê? Ele perguntava aos brados quando batia em Boite. Procriar aquela desgraça em forma de gente?

Assim, como não era Boite, Joaquim poderia ter sido qualquer coisa que desejasse. O coronel certamente bancaria. Poderia ter ido estudar na capital, ser médico ou advogado, até poderia ter entrado para a política. O que quisesse. Mas ele acabou dono de uma ferraria e *curador de feitiços*. Afinal, ele tinha um dom e, quando o coronel pediu para usar esse dom em favor de seu poder na região, como em tudo, Joaquim o atendeu.

E agora? Agora, provavelmente, estava morto por causa daquilo tudo. Por causa do velho. Por causa da necessidade doentia de Joaquim em agradar aquele homem odioso. Era claro que, em algum momento, a raiva de Boite se voltaria para o próprio Joaquim. Os dois tinham brigado feio antes de sua partida.

Então, depois fugir dali, resolveu se dedicar a um objetivo. Tornaria a personagem infame que inventara para si — *Miss Boite* —, alguém conhecida. Uma entidade capaz de amealhar trabalhos e ganhar dinheiro. Muito dinheiro. Dinheiro o suficiente para se bancar, para não precisar do velho. Para, talvez, convencer Joaquim a vir ao seu encontro.

Miss Boite não era só um molho de identidades falsas, era quase uma instituição. Tinha casas, contas bancárias em vários lugares do mundo, um apartamento confortável em Londres, um ainda maior em Paris. Tinha tudo. Mas não tinha Joaquim. Quantas vezes mandou cartas, pediu para que ele viesse, enviou passagens compradas, mimos. Nada. Ele ficara ao lado do coronel. E, agora, estava possivelmente morto. Por causa daquele velho desgraçado que o prendera ali com migalhas de afeto, naquele fim de mundo cheio de gente ignorante e rasa.

Seguiu pela estrada geral para ir em direção à vila-sede. Era um caminho bem trafegado e não demorou a se fazer conhecido das pessoas por quem passava. Erguia a mão e cumprimentava com educação e o puxado sotaque da região. A primeira pessoa o olhou com desconfiança. Era um homem com uma enxada no ombro. Logo atrás dele vinham duas mulheres, uma delas carregava uma trouxa de roupas sobre a cabeça. Boite se aproveitou de sua memória e a usou com charme.

— Perdão, moça. Faz muito tempo que não venho pra essas bandas, mas você tem que ser filha da dona Engrácia Lavadeira, estou certo?

— Ora, menino, claro que não. Eu sou a Engrácia, a própria.

— Não acredito! Não é possível. A senhora não envelhece, dona Engrácia! Como pode? Eu era só um guri quando a vi pela última vez.

E lá foi ele relatando para as mulheres uma lembrança tão vívida e engraçada que ambas só sabiam se olhar e rir. Boite se ofereceu para ajudar com o fardo de roupas e, antes de chegarem nas primeiras casas da vila, as mulheres já seriam capazes de jurar pro padre e com a mão no rosário que conheciam o sobrinho do coronel Silveira — como se apresentou a elas — desde pequenininho.

Entraram juntos na venda mais movimentada da vila, porque o moço disse para elas que queria rever as pessoas. Ver se lembravam dele. Meia troca de palavras e as mulheres convenciam a todos assim como estavam convencidas.

Ora como não se lembrariam do Carlinhos? Dele correndo por aí tudo com o Joaquim e aquela outra cria do coronel. Subindo em árvore, fazendo leitura na missa, vinha sempre no verão, ia pro rio com a meninada. Alguns não se lembravam, já fazia tempo que ele não vinha, não é? Estava estudando? Ah não, está trabalhando com o comércio do pai lá pro litoral, veio ver o tio doente. Sabe como é, alguém tem que cuidar do pobre. E o primo ou prima? Ninguém lembrava ao certo qual era o gênero da cria do coronel que sumiu no mundo. Carlinhos também não esclareceu, só disse que o tio tinha proibido de falar, então, não falava para não deixar o tio bravo, ou pior, triste, na idade dele... E todos concordaram e mudaram de assunto, pois assunto não faltava.

Implantar memórias era tão fácil, pensou Boite. Podia fazer isso sem nenhuma máquina. Bastava a gentileza e as palavras exatas. Quem se atreveria a admitir que não reconhecia o sobrinho do homem mais poderoso da região?

Duas horas ali e Boite pôde se despedir com uma quantidade bem razoável de informações. Tinha certeza de que o tal forasteiro viera com a encomenda de matar o Joaquim. Todo o levantamento que fez no diz-que-me-disse da gente da vila dava a entender que fora coisa encomendada. O homem já chegou perguntando sobre curandeiros e até mesmo forçou a busca pela especialidade de Joaquim, ser *curador de feitiços*. Então, o tal se muniu de informações da última cura feita por Joaquim e alegou ter uma máquina capaz de identificar malefícios.

Se a máquina realmente existia, Boite adoraria colocar as mãos nela e vendê-la por bom preço. Porém, existir e de fato funcionar eram coisas diferentes. Apostava muito mais em uma enganação. Boite tinha certeza de que o forasteiro usou de lábia e da moda das máquinas resolvedoras de tudo para convencer aquela gente. Todos os dias vinham notícias pelo trem, pelos caixeiros-viajantes, pelos carreteiros, de que se havia inventado algum novo dispositivo. Que o vapor estava revolucionando o mundo para além daquele lugar onde o Judas perdeu as botas. E todos já haviam visto os tais dirigíveis voando pelo céu, não tinham? Se já era possível cruzar o mar e navegar as nuvens, como se podia duvidar de qualquer coisa?

Boite não precisava forçar a imaginação para saber que qualquer tratante com boa lábia convenceria rápido e fácil àquela gente. Tinha acabado de fazer isso, não tinha? Aquelas pessoas, carentes de novidades, se acreditariam diante da maravilha das maravilhas. E o que quer que uma "máquina" dissesse, seria visto e entendido como verdade. Uma verdade vinda do progresso, da técnica, da ciência! Quem poderia contestar ali? Ninguém. Nenhuma pessoa teria coragem. Apenas seguiriam as ordens de quem interpretasse ou possuísse a máquina.

Joaquim não tivera nenhuma chance.

Boite seguiu da vila para onde lhe disseram ficar a oficina de Joaquim. O povo da vila se mostrara — agora que Joaquim sumira, sendo seguido pelo sumiço de seus algozes — um pouco consternado, e até duvidoso de tudo o que ocorrera. Tinha certeza de que muitos ali teriam jogado lenha na fogueira para queimar o Joaquim que eles conheciam desde pequeno por conta de um forasteiro com uma "máquina milagrosa", mas agora... Ah, agora se doíam e diziam ter medo de que tivesse ocorrido uma tragédia. Boite sorriu para disfarçar a raiva crua dentro de si. Claro que ocorrera uma tragédia. E aquela "boa" gente poderia fingir para sempre estar compungida e ter as mãos limpas. Mas não tinha. Com toda a certeza, não tinha.

Parou em frente à uma casa de madeira com uma placa metal indicando ser uma ferraria. As portas estavam fechadas. Uma corrente e um grosso cadeado pendiam por entre duas argolas de ferro cinzelado. Boite não pensou muito, só olhou rapidamente em volta e, como não havia ninguém à vista, não teve dificuldades em arrombar o cadeado usando um pequeno artefato de sua invenção: uma espécie de chave de fenda sônica com mil e uma utilidades que nunca saía de seu bolso.

Em segundos estava no interior da casa. Aguardou alguns instantes, deixando a escuridão abrir suas írises e assim poder ver melhor. A luz do sol da meia tarde penetrava pelas frestas da madeira, não eram muitas, mas eram suficientes para alguém com o treino de Boite.

Com método e eficiência, começou a investigar cada centímetro da ferraria. Depois, passou para os aposentos domésticos que se estendiam na parte de trás do galpão. No geral, não encontrou nada que lhe desse qualquer tipo de pista. O baú de roupas não tinha nada de significativo, a não ser o cheiro de Joaquim a perturbar sua memória. Junto dele havia uma canastra cheia de potes e ervas e tinturas, coisas que, muito provavelmente, Joaquim usava em suas atividades de curador.

Ergueu o colchão e não encontrou nada sob o estrado da cama. Contudo, seus hábitos meticulosos levaram a fiscalizar o próprio colchão. Depois de uma cuidadosa inspeção, descobriu uma fenda, por onde havia sido embutido um objeto diferente. Era algo muito do Joaquim ter esses esconderijos.

Tratava-se de uma lata de cigarrilhas, com uma estampa parisiense em tons de azul e rosa. Boite havia enviado aquela lata para ele. Sem hesitar, abriu-a e, mesmo que imaginasse que haveria ali coisas relacionadas a eles dois, não pôde evitar uma certa surpresa. Todas as suas cartas, postais, passagens que comprara e Joaquim jamais usara. Até mesmo um daguerreotipo seu, tirado no Jardim Botânico do Rio de Janeiro, estava ali. A cada papel, Boite se perguntava: por quê? Por que Joaquim não fora ao seu encontro? Se ainda guardava todas aquelas coisas, então ele não havia esquecido. Olhando aquilo, Boite tinha certeza de que ocupava sua memória e, talvez, alguns de seus pensamentos. Se isso era verdade, por que ele jamais respondera? Por que deixara que ficasse naquela espera eterna? Por que escolhera ficar na órbita de um excremento humano como era o coronel?

Boite colocou a caixa sobre o colchão e pescou uma de suas cigarrilhas do bolso. Na verdade, precisava era de uma bebida, mas seu cantil ficara no bolso do redingote, na casa do velho demônio. Acendeu a cigarrilha porque lhe parecia o único jeito de engolir aquilo tudo. Suas mãos tremeram no processo enquanto mandava ordens conscientes para que seus órgãos parassem de se agitar e queimar dentro de si.

Sentou-se na cama e voltou a mexer na lata. Cada papel tinha um peso, uma memória. Boite pegou novamente o daguerreotipo na mão. Ao manuseá-lo, percebeu que tinha duas imagens que haviam se colado. Aparentemente, era a mesma imagem, porém, uma delas estava com uma tremura na imagem. Lembrava muito bem de tudo relacionado àquele daguerreotipo. Do tempo imenso que ficara imóvel para fazer aquela imagem, para, no fim, aquela tremura ter feito com que precisasse repetir todo o processo.

Havia enviado a melhor imagem para Joaquim. A outra havia sido descartada. Como viera parar ali? Será que não havia notado que as duas tinham se colado? Não! Tinha certeza de que havia jogado a outra no lixo na própria sala do operador da máquina. Não podia estar ali. Não podia.

Virou os daguerreótipos e foi aí que as coisas começaram a fazer sentido. Num deles estava escrito com a sua letra: *Venha!* E três endereços: o do Rio, o de Londres e o de Paris.

Na outra imagem, a tremida, estava escrita uma ameaça: *Vá e matarei essa degeneração na sua frente.* A letra era igualmente bem conhecida. A letra do coronel.

Boite não saberia precisar quanto tempo ficou ali, apenas olhando e olhando tudo.

Joaquim não fora por que o coronel ameaçara Boite? Por isso? Sua respiração ficou rápida e rasa. A maldição de ser incrivelmente inteligente é que, mesmo que as palavras demorassem a se organizar em fatos na sua mente, conseguia saber exatamente o que tinha acontecido com Joaquim. Provavelmente, o coronel não sabia daquela caixa. Se soubesse, talvez a tirasse dali para que sua vingança não fosse descoberta com tamanha facilidade.

"Estou morrendo", ele dissera. "Preciso que investigue uma coisa pra mim." Não era investigação que ele queria. O que desejava era entregar a Boite o cadáver de Joaquim. O amor do velho pelo rapaz, pelo visto, jamais superara o ódio que ele tinha pela sua própria cria. Usara o garoto Joaquim numa tentativa canhestra de fazer com que Boite tivesse ciúmes. Depois, chantageara o rapaz para mantê-los afastados. E, agora, agora que estava morrendo... Velho desgraçado.

Boite respirou fundo e se levantou da cama. Sabia o que precisava fazer e o que aconteceria dali para frente. Numa série de movimentos medidos e rápidos, seguiu para os fundos da ferraria. Estava num nível de energia alto o suficiente para não sentir o que devia sentir. Ia apenas fazer. Quando saísse daquele lugar, aí sim. Aí deixaria as emoções chegarem. Não agora.

Andou pelo pátio dos fundos da ferraria analisando cada polegada do chão. Talvez fosse difícil encontrar. Talvez não. O coronel deixaria uma marca para que o lugar fosse descoberto. Como a noite já caía, precisou de sua chave sônica de mil e uma utilidades e essa passou a iluminar o caminho. Levou mais ou menos uma hora até encontrar.

Havia muita sujeira por todo espaço, o qual se estendia sem qualquer cerca, indo terminar numa boçoroca, onde o terreno se erodia para baixo em um dos lados. No outro, se erguia um conjunto de árvores altas e emaranhadas. Num determinado ponto entre as árvores e o barranco, pôde perceber um emaranhado de fio de cobre no chão. Era ali!

Voltou até a casa e trouxe de lá de dentro uma pá, com a qual se pôs a cavar num ritmo frenético. Os fios se alongavam numa profundidade que seria suficiente para impedir um cachorro de fuçar no local, porém não impediriam Boite.

A pá bateu em uma a qual os fios estavam ligados. Era uma caixa grande. Ampla o bastante para acomodar o corpo de uma pessoa.

Boite continuou o trabalho. Estava firme na decisão de pensar o mínimo indispensável para planejar e para não sentir. Quando teve espaço suficiente, largou a pá e foi em busca de um pé-de-cabra para abrir a caixa. A tampa cedeu rápido. Dentro dela, como esperado, estava o corpo mutilado de Joaquim. Fios e canos e metais diversos estavam em seus membros, sob as unhas, em pontos sensíveis como os olhos e os ouvidos. Não bastou matá-lo, foi preciso fazê-lo sofrer. E fazer com que Boite sofresse olhando o cadáver e imaginando tudo pelo que ele havia passado.

Se a tal máquina apontava fazedores de malefícios era difícil saber. Porém, o que estava ali, Boite conhecia muito bem. Era uma máquina de dor. Uma torturadora mecânica. Fabricação europeia, testada na Índia e em lugares remotos da África e da Indonésia. Boite já se encontrara com aquele dispositivo antes. E, como imaginara, toda a história de descobrir malfeitores era provavelmente uma encenação.

O forasteiro veio de longe encomendado para matar o Joaquim e depois sumiu. Talvez morto, talvez só indo em direção ao Uruguai com dinheiro suficiente para alguns anos de conforto ou alguns meses de desperdício.

Não havia cheiro de decomposição, só de terra, sujeira e fios queimados. Sua morte deveria ser bem mais recente do que o desaparecimento e o dos seus algozes. Tudo planejado. Boite se encostou na parede do buraco que cavara, os membros doendo de cansaço e vibrando de ódio. Apostaria sem muita margem de erro que os ajudantes do forasteiro, gente daquela localidade, talvez desafetos do coronel também, estavam mortos. Provavelmente, jogados na própria vala do terreno com alguma carga de terra por cima. Não teria tempo nem interesse em verificar.

Os pensamentos que o coronel queria que tivesse vieram todos. *Se eu tivesse vindo antes, se desconfiasse antes, se fizesse isso ou aquilo...* Bobagem. Não haveria chance. Nunca houve.

Estamos sempre querendo mensurar o amor das pessoas. Devíamos tentar mensurar o ódio. Boite sabia que sua existência era a negação de tudo o que o pai pensava sobre o mundo e todas as coisas. Não importava saber que representava o futuro e que o velho era um entulho deixado pelo passado. Isso não tinha a ver com o resto do mundo. Só tinha a ver com eles dois.

Voltou a fechar a tampa. Saiu do buraco e voltou a jogar terra por ali. Pagaria pessoas para darem uma sepultura digna a Joaquim depois. Todo o resto não tinha como ser apagado. Nem a dor que ele sentira antes de morrer, nem a que Boite sentiria pelo resto da vida. No entanto, tinha algo que poderia ser apagado.

Voltou caminhando para a sede da estância do pai. A noite ia alta. Passou direto para os fundos da casa. Serviu-se de comida das panelas que restaram da janta e esperou. Foi até a adega do pai e escolheu uma cachaça envelhecida, daquelas que deviam ter quase a sua idade, para beber mais tarde, quando o espetáculo estivesse no auge. E esperou. Deu uma volta por toda a casa observando os cômodos. E esperou. Todos já haviam se recolhido. Na casa, só vó Ana e as duas meninas. Chamou as duas mocinhas e lhes deu uma ordem específica, enchendo-lhes as mãos de notas de dinheiro para que elas cumprissem. Vestiu-se com o mesmo aprumo que chegou. E esperou um pouco mais.

Então, vó Ana veio até a cozinha perguntar o que era aquele dinheiro com as meninas. Boite não deixou que ela se alongasse em perguntas e suposições.

— Vó Ana, a charrete está pronta ali atrás da casa. Pegue as meninas e vá.

— Você descobriu o que aconteceu com o Joaquim?

Boite assentiu. Até mexer com a cabeça pesava.

— Me...

— Joaquim está morto, vó Ana. Nos próximos dias, vou providenciar um enterro decente pra ele.

A velha senhora olhou ao redor. Pegou a mãos de Boite, tremia de desconfiança.

— O que vai fazer? Menin...

— Vó Ana, apenas pegue as meninas e vá para a vila, está bem? Dei a chave da casa de lá praquela que parece mais esperta. Faça isso por mim, sim?

— Meu Jesus, o que você vai fazer?

— Conversar, vó Ana. Só conversar. Vou contar coisas terríveis ao coronel. Ele vai berrar e amaldiçoar e não há necessidade de você e as meninas presenciarem isso. Por favor, vá com elas pra casa da vila.

Sua voz era quente e persuasiva, como era sempre que mentia. Mesmo desconfiada, vó Ana acabou aceitando e tomou a charrete com as duas meninas. Quando calculou que as três estavam distantes, Boite começou com o mesmo método a encharcar a casa com todos os líquidos inflamáveis que encontrou. Depois, fez isso na porta do quarto do coronel. E, então, entrou. Mas não para conversar. De todas, foi sua maior mentira. Não havia nada para os dois conversarem.

— Já de volta — notou o velho. — Encontrou alguma coisa?

Boite não respondeu, embora achasse a atuação do pai bem convincente. Foi até o cofre que sabia estar atrás de um quadro da virgem Maria e o abriu sem maiores dificuldades.

— O que está fazendo? — O tom do velho subiu assim como seu nível de tensão.

Boite não respondeu. Tirou os papéis que interessavam. Os títulos de propriedade que seriam dados a quem trabalhava naquelas terras. O dinheiro, que iria todo para vó Ana.

— Está me roubando? É isso? Ana! Ana!!! Cadê aquela velha inútil? — O coronel voltou novamente sua agitação para Boite. — Pensei que...

Ele parou de berrar quando viu a cigarrilha chique de Boite ser acesa. Todos os documentos estavam dobrados no bolso do redingote e o dinheiro acomodado no colete. Boite sorria.

— Vai fazer só isso? Me roubar, não vai dar conta do aconteceu ao pobre Joaquim? Roubar e ir embora, é isso?

Boite suspirou. Um meio-sorriso de dor e um ranger de dentes.

— Eu achei o Joaquim. Exatamente como você queria. O pobre do Joaquim... — repetiu em voz baixa. — Realmente uma pena ele não estar aqui. Mas, como dizem, de onde estiver, ele vai ver.

O coronel percebeu que nenhuma daquelas palavras era para ele. Boite sequer olhava o pai. Sem pressa, caminhou até a porta do quarto e a abriu num supetão, deixando o cheiro de álcool e óleos entrarem numa lufada nauseabunda. O coronel voltou a berrar e perguntar e xingar, sem conseguir se levantar da cadeira. Ele buscava a bengala, mas não tinha forças e a pressa não melhorava em nada os seus movimentos.

— O que vai fazer? Achou que eu ia deixá-lo ir atrás de você? Diga! Achou? Nunca! Cansei de ele ficar me ameaçando, dizendo que ia ao seu encontro. Eu que dei tudo pra ele. Não! Não ia perder o meu filho, sim, porque ele era muito mais meu do que essa coisa que você é. Só precisei de um pouco de dinheiro pra liquidar com ele. Se não podia ficar do meu lado, também não ia ficar com você. — Um rosnado asmático saiu do peito do velho. — E eu realmente precisava que você o visse. Quem sabe assim, você se arrepende de existir, de só trazer desgraça pra quem está na sua volta. — O ódio fazia o velho coronel Silveira se babar. — Não vai dizer nada?

Boite se deixou emoldurar pela porta, adorava a ideia de estar num quadro. Tirou a cigarrilha da boca.

— Quer que eu diga alguma coisa? Certo. Você se vingou. De mim. Dele. Mas se eu fosse você, coronel, pouparia os gritos comigo. Vai precisar de sua voz pra pedir por socorro. — Deu um sorriso afetado. — Mas, como deve imaginar, não vai adiantar.

Jogou despreocupadamente a cigarrilha na porta. A madeira encharcada pegou fogo imediatamente.

PENA E O IMPERADOR

O Pena era um homem de ciência. Em todo o Rio de Janeiro isso era conhecido e aceito junto com o rol das suas excentricidades. De fato, nem ao menos se separava uma coisa da outra. O doutor era esquisito. Mas, afinal, é o que os doutores — aqueles que não são médicos nem advogados — são. Ninguém entende bem o que fazem, nem tampouco o que acontece em seus laboratórios. Só se pode imaginar ou fazer perguntas ao moleque de entregas, que o viu pelo vão da porta entreaberta, num descuido do proprietário.

Corriam muitas histórias sobre o Pena, mas, mesmo quem as contava, tinha pouca segurança em jurar verdade. "É o que dizem..." eram invariavelmente as palavras finais ou iniciais do narrador.

Comprovado mesmo sobre o Pena, só se sabia o seguinte: todos os dias, sem uma hora exata, mas nunca mais de uma vez por dia, ele subia o outeiro da Glória até a igreja. Sempre entrava. Caso fosse a hora da missa, ficava lá no fundo, chapéu nas mãos, olhos no altar. Nunca respondia a oração, nunca se persignava, jamais comungava. Quando ocorria de não ter missa, ele andava pela igreja, passos muito lentos, indo de um lado a outro até decidir sair e, quando o fazia, era com a precisão de quem nunca mais voltaria até que, no outro dia, voltava.

Um sacristão jurou que o ouviu resmungar consigo numa dessas ocasiões, mas não soube dizer se era reza ou imprecação. Porém, pode-se desconfiar do episódio inteiro, já que o sacristão em questão é um notório mentiroso, coisa que qualquer morador das redondezas atestará.

É mais fácil acreditar na conversa que o Pena teve com o padre Onório e este contava sempre que tomava um cálice a mais de vinho da Eucaristia — coisa que ele só fazia aos domingos e quando a companhia inspirava, — porque de resto era homem devoto e sério. Até porque, tia Lucíla, uma preta forte que cuidava da casa paroquial e do padre Onório, tinha mão firme e não gostava que ele bebesse demais quando as crianças estavam em casa.

O padre Onório contava que, certo dia, lá pelos idos de 1860, resolveu perguntar ao Pena o que, afinal, ele vinha buscar na igreja. A resposta veio a ser outro dos enigmas do doutor.

— Busco a alma, padre. A alma.

Quem conhece o padre Onório sabe que ele não é homem de admitir que não entendeu alguma coisa, ao menos, não na hora. Um tipo de atitude que ele aprendeu de tanto ouvir confissão: algumas dão até medo de pedir para o cristão explicar. Então, o padre Onório fechava o cenho enquanto fingia entender e pensava numa penitência adequada. Uma que não fosse nem grande demais que parecesse susto e para que o penitente também não ficasse se gabando do pecado —, nem pequena demais que estimulasse o desgraçado a continuar pecando. Mas o Pena não estava se confessando e o padre Onório achou que insistir no assunto era o jeito de tentar trazer o doutor para o lado de Deus.

— Diga, meu filho, é alguma coisa ruim? Algo que o perdão divino te possa consolar?

O Pena coçou a barba, que só fazia uma vez por semana, antes de responder.

— Sabe, padre? Se um dia eu encontrar um deus maior que eu mesmo, e ele me falar sobre a alma, talvez eu pense em lhe pedir perdão. Mas antes, ele teria de me fazer entender tanta coisa. Tanta coisa...

O doutor deu um aceno de cabeça e se foi antes que o padre Onório se recuperasse de tamanha soberba. Só que não era soberba. Era desalento. E de um tamanho que o pobre pároco, em todo seu conhecimento das coisas de Deus, dos santos e dos homens, jamais poderia alcançar.

Do outro costume do Pena, ninguém se atrevia a falar nada. É que não havia semana em que o Pena não visitasse e fosse recebido, pelo menos umas duas vezes, pelo imperador. É certo que isso era motivo de conversa em cada botica e barbearia do centro, mas ninguém se impressionava de o imperador querer conversar com um homem, sabidamente, tão inteligente.

Todos viam quando o Pena passava em direção ao palácio imperial e, claro, ninguém perdia de ver sua passagem. O doutor ia em seu tílburi sem cavalos, que se movia como uma minúscula locomotiva de três rodas. Havia quem jurasse que o desenho da adaptação da tecnologia do vapor ao tílburi era do próprio Pena, outros diziam que ele era apenas um entusiasta das novidades vindas da Europa e que por lá já se viam carros como este.

Os debates se estendiam, pois sobre o alcance das ciências do Pena só se podia especular. Os mais encarniçados defensores do doutor afirmavam sua certeza aos céticos com argumentos de autoridade. Afinal, não era o próprio imperador um admirador do Pena? E não fora sua majestade em pessoa que, havia agora poucos meses — quando se começara a falar de uma possível guerra contra Solano López —, chamara o Pena e pedira novas armas para o exército brasileiro? E não tinha o próprio Conselho de Estado aprovado a construção a toque de caixa de um navio a vapor, com casco de aço, capaz de se elevar da água e andar sobre rodas em terra, como um gigante guerreiro a vomitar tropas e tropas?

Todos os jornais publicados desde fins de 1864 foram unânimes em apontar o Pena como um novo Ulisses.

PENA E O IMPERADOR

Alguns chegaram a vaticinar que a capital de López não levaria dez anos para cair. Não! Pena tinha a arma que faltara a Ulisses, a quem coubera gênio sim, mas que não dispunha do vapor. A Assunção de Solano López se entregaria, arriada como Tróia, mas em dez dias ou, talvez, em dez horas.

Nos meses de preparo para a guerra, o Pena passara de excêntrico a herói prévio de um conflito já dado por vencido. Os cargueiros ingleses abarrotavam os portos com peças encomendadas para as novas armas. Os pedidos, agora, iam e vinham com a rapidez dos modernos telégrafos e das linhas transoceânicas sustentadas por imensos navios a vapor. A indústria brasileira nascente ainda não tinha a precisão da inglesa e os interesses britânicos no Prata fizeram com que eles enviassem soldados e operários, mas também armadores e engenheiros. Estes últimos eram muito cheios de si. No entanto, mesmo com toda sua pose e gravatas de seda, até eles tiravam o chapéu para o Pena.

O doutor, porém, nada mudava em seus costumes. Continuava a escalar o outeiro da Glória todos os dias e nunca faltava aos seus encontros com o imperador. E foi bem por esta época, mal iniciada a guerra na qual, antes que as armas definitivas estivessem prontas, teria-se de arcar com a perda de alguns nacionais que o Pena recebeu um chamado extraordinário do imperador. Por volta das 11 da manhã de uma terça-feira de maio, um oficial da guarda imperial bateu à sua porta. Trazia um bilhete escrito de próprio punho, numa caligrafia firme e de admirável precisão.

Aguardo Vossa Senhoria para o chá.

Pedro

O Pena não precisou de dois olhares para notar a urgência. Era a letra do imperador que o dizia e também sua apressada assinatura. O uso do primeiro nome era quase um código para os íntimos e o Pena mal conseguiu viver até a hora de conduzir seu tílburi à Quinta da Boa Vista, onde era aguardado. Sua majestade raramente o chamava. Em geral, seus encontros eram regulares, em horários previamente agendados junto ao Camareiro-mor do imperador. Alguém tão cedo acostumado aos compromissos da posição não podia ser dado a improvisos. Logo, um chamado extraordinário colocava o Pena imediatamente em alerta.

Ele ainda se lembrava do último, fora há dez anos, o imperador pedira para que ele salvasse a Condessa de Belmonte, sua ama, que se encontrava a morte. Fora a primeira e única vez em que o Pena negara algo ao imperador. Mas, como o atenderia? A Condessa havia sido sua maior inimiga na face da terra e Pena sempre entendera e respeitara suas razões. Por isso mesmo, não insultaria a Condessa com sua ciência. A incompreensão do imperador sobre isso, até hoje o estarrecia e mais difícil tornava seus pensamentos acerca de Sua Majestade. Daquela feita Dom Pedro levara quase um mês para voltar a se encontrar com ele e, como o Pena esperava, ele não tornou a falar do tema. Contudo, por vezes, havia determinados silêncios em suas conversas nos quais o doutor podia ver o assunto novamente brotando. Eram momentos plenos de estupefação para o cientista. Então, o imperador puxava o ar para os pulmões e virava a conversação em outra direção.

No dia deste novo chamado, o Pena mal conseguiu dar atenção aos protocolos necessários à sua chegada até a real pessoa de seu anfitrião. Pareceu demorar uma eternidade até que Rafael, o criado pessoal do imperador, viesse encontrá-lo. O veterano não aparentava a idade que tinha. Lutara na Cisplatina e fora companheiro e amigo de Dom Pedro I, que o encarregara de proteger com a própria existência, se necessário, a vida do imperador menino. O liberto Rafael, ao contrário da Condessa, nunca olhou o Pena como um emissário do Diabo, nem sua ciência como uma arte do Inferno. Para Rafael, o que importava era que, quando fora necessário, o doutor viera e salvara o seu menino da morte.

Rafael tinha gratidão por ele. O doutor, por vezes, perguntava a si mesmo, se Rafael compreendia o que havia sido feito para salvar o imperador; para garantir que o Brasil tivesse um rei e não se desmantelasse, afundado nas ambições das províncias. Se compreendia todas as perguntas que haviam se gerado daquele ato desesperado. Se, como a Condessa, no fundo, ele pensava também que não haveria perdão para o que havia sido feito. Ou, se, como ele próprio, achava que para ser necessário perdão, seria necessário haver alguém superior ao homem e a sua ciência.

— Boas tardes, Doutor Pena — disse Rafael com uma mesura de cabeça.

— Boas tardes, Rafael - disse Pena estendendo a mão, já livre do chapéu e das luvas, que ele entregara assim que entrara no palácio.

O outro homem respondeu o cumprimento e fez um gesto para que o doutor o seguisse. Atravessaram uns dois corredores antes que Pena se manifestasse ultrapassando o costumeiro mutismo de Rafael.

— Sua Majestade não tomará o chá no pátio interno?

— Não, senhor — respondeu Rafael imediatamente. — O imperador o receberá em seu gabinete pessoal.

O Pena cismou por alguns passos.

— Apenas o imperador e eu, acredito?

— Sim, senhor.

Mais alguns passos.

— Tem ideia do que se trata, Rafael?

Dessa vez, a resposta demorou alguns segundos,

— Acho que da guerra, doutor — por um instante, Pena respirou, aliviado. Então, Rafael voltou a falar.

— O imperador quer ir para o sul.

Sim, talvez quisesse, embora o Pena se perguntasse se o verbo a ser usado era mesmo este: "querer". Afinal, era próprio dos imperadores visitarem as frentes de batalha de suas guerras. Certamente que Dom Pedro II não era um guerreiro, tampouco um soldado com ambições napoleônicas. Mas, com toda a certeza, ele agiria conforme os ditames esperados do comportamento de um imperador. Contudo, isso ainda não era suficiente para um chamado extraordinário e Pena novamente sentiu aquele incômodo, o que ocorria sempre que o imperador se punha a fazer algo inesperado.

Chegaram às portas do gabinete de Sua Majestade. À sua frente, duas sentinelas impávidas montavam guarda.

— O imperador aguarda o doutor — anunciou Rafael.

Os dois guardas fizeram um minúsculo aceno de cabeça e abriram as portas duplas. Lá dentro, o imperador já se erguia de sua cadeira para recebê-lo. Pena não falhou nos protocolos. Deu alguns passos para dentro da sala e se curvou numa mesura adequado ao cargo do homem a sua frente.

— Seja bem-vindo, doutor Pena — disse o imperador com sua voz mais sóbria, o que deixou Pena um pouco mais calmo. — Rafael, por favor, providencie-nos o chá. Quero que você o sirva, sim?

O criado concordou e partiu imediatamente, puxando as portas enquanto saía, sem dar as costas ao dirigente máximo da nação. Pena ainda olhava com admiração para Dom Pedro — como sempre fazia, segurando a estupefação por si mesmo — quando este voltou a dirigir a palavra.

— Tem passado bem por estes dias, doutor?

— Sim, Majestade. Muito bem.

— Pedro, doutor. Estamos apenas nós dois. Eu prefiro Pedro.

Se ele soubesse o mal-estar que causava com aquelas palavras. O Pena, contudo, se limitou a assentir.

— Espero que não tenha se impressionado com meu chamado — prosseguiu Pedro.

— Não. Quero dizer, um pouco. Eu... Rafael me disse que o senhor quer ir para o Prata.

— Exatamente — confirmou. — Mas precisarei do senhor para isso.

— Regular a sua máquina? Não haverá problema — garantiu Pena. — Já fizemos isso outras vezes, em suas outras viagens. Ou, acaso, deseja que eu o acompanhe desta feita? Farei o com gosto.

Pedro deu um breve sorriso.

— Já sei que há muito perdeste o gosto pelas viagens, doutor.

— Mas eu o farei, se sua majestade quiser — afirmou Pena, convicto. — Basta que...

— Acalme-se, doutor. Sente-se. Vamos conversar.

Pedro levou Pena até um conjunto de sofazinhos Luís XV no canto da sala e lá se sentaram. Rafael entrou quase imediatamente por uma portinhola lateral, a qual ele prendeu para passar com um carrinho equipado com chá e quitutes. Desprendeu e fechou a porta tão logo passou.

Em silêncio, ele se pôs a servir o chá na mesinha colocada entre o Imperador e o doutor.

— Não estou pensando em companhia, doutor. Mesmo que ela muito me agrade. Também não estou preocupado com a minha máquina. O senhor sempre a regulou com muita competência para minhas viagens.

Rafael serviu a xícara do imperador e a entregou a ele. Sua majestade agradeceu brevemente e Rafael depositou a xícara em sua frente.

— Acaso quer que eu projete algo novo? Uma armadura de defesa, talvez?

— Não, não — Pedro se apressou em negar, enquanto Rafael servia xícara do doutor. Pena também agradeceu e o criado a recolocou na mesa.

— Quero uma nova regulagem sim. Mas aqui — o imperador apontou para a própria cabeça.

Pena não conseguiu evitar um olhar de esguelha para Rafael, que permaneceu impassível.

—Há algo errado? Algo que tenha ocorrido desde nossa última revisão?

— Oh, não, não. Nada disso. Eu quero, na verdade, uma melhoria.

Novo olhar do Pena para Rafael. Ele achou que o criado sorria, disfarçadamente.

— Eu não imagino o que possa ser...

— Ora, doutor, onde está seu perfeccionismo?

— Eu não entendo...

— Quero aprender mais rápido, doutor.

— Como?

— Pense comigo. A viagem para o sul é uma viagem das mais interessantes. Lembre-se que a fiz logo após meu casamento. E agora ainda há uma guerra e todas as armas fantásticas que o senhor mesmo inventou. Eu quero ver isso, claro, mas quero mais.

Pena não soube, naquele momento, o que o assustava em maior grau. O pedido do imperador ou seu olhar. Tão cheio de entusiasmo. De calor. De alma.

— Imagine o quanto posso ver e assimilar — continuou Pedro. — Além disso, quero que esta viagem seja um preparo.

— Um preparo para o quê, Pedro?

— Após a guerra, planejo ir à Europa — anunciou o imperador.

— Como? — Pena estava tonto.

— Estou cansado de apenas ler, doutor Pena. Quero ver. Com meus próprios olhos. Irei a Portugal e também a Paris. Quero ir à Itália. Há tanto tempo financiamos escavações nas ruínas etruscas das terras de minha mulher e eu nunca vi nada. Já pensou no quanto poderei trazer para nossos museus? Nosso irmão é muito diligente em enviar o que pertence a Tereza, mas... Ora, como isso pode substituir a experiência de lá estar? E, claro, quero ir também ao Egito.

Pena pensou que precisava tomar um gole de alguma coisa. Preferia que fosse algo mais forte que chá, mas assim mesmo estendeu a mão à xícara, duvidando que tivesse firmeza o suficiente para poder conduzir o vaso até a própria boca sem escândalo. Pedro observou-o por um instante, antes de voltar-se para Rafael.

— É tudo, Rafael. Pode deixar-nos agora.

O homem assentiu e com rapidez e silêncio admiráveis desapareceu pela mesma portinhola que entrara.

— Parece que eu o assusto, doutor — afirmou o imperador, novamente contido.

Pena respirou mais fundo antes de responder.

— Não, Pedro. Não é susto. É assombro. O senhor supera a tudo e nem sei mais onde poderá parar.

Pedro esticou as pernas e encostou as costas no espaldar da cadeira.

— Tenho pensado nisso.

— Tem?

— Sim. Tenho pensado em como será meu fim, doutor. Acaso você sabe o que acontecerá?

Pena tomou outro gole de chá de sua xícara, registrando vagamente que o chá do imperador esfriava intocado.

— Seu coração é seu limite, Pedro.

O imperador não modificou a expressão.

— Mas o doutor poderia fazer outro? Certo?

Foi o coração do próprio Pena que, naquele momento, ganhou peso de chumbo.

— Sim, eu poderia.

— E outros órgãos, caso eu precisasse deles?

Não era a primeira vez que conversavam sobre as possibilidades da ciência. Nunca de forma tão aplicada, claro, mas o assunto não era estranho a ambos e Pena respondeu com objetividade.

— Talvez. Com muito tempo e estudo para desenvolvê-los. É mais fácil com órgãos mais mecânicos. Uma solução seria um corpo autômato.

Pedro fechou o cenho.

— Inaceitável. Não imagino como se possa reproduzir o tato, ou o calor da pele. Um corpo ficaria muito pesado se tivesse de carregar a máquina de bateria dentro de si.

— Como eu disse, acho que o tempo e o estudo adequados...

— Não. Prefiro que não invistamos nisso. Não me interessa viver eternamente. Uma experiência sem fim perderia seu valor, pois não conseguiríamos chegar a verdades que se tornem válidas para sua época. Aliás, você mesmo já disse a mim, de outra feita, que há limites para o que me foi programado.

Pena voltou a colocar sua xícara sobre a mesa. Seus movimentos pesavam.

— Sim. Não há como fugir das atitudes esperadas de um imperador. O senhor se comportará perfeitamente com toda a superioridade e as imperfeições dos que são como vós. Isso me foi exigido. Por que sorri, Pedro?

— Fico mais feliz ainda que haja um fim para minha pessoa, então.

— Por que diz isso?

— Porque não há futuro para imperadores, doutor. O vapor tem feito crescer as massas e elas os matarão. A todos. Não como na Revolução, que, depois, os permitiu renascer. Não! Elas os matarão de tal forma que não mais voltarão a assombrá-las. O mundo do futuro, doutor, é um mundo de iguais. Não há lugar para reis ou imperadores.

Os olhos de Pena traiam sua admiração e, dessa vez, também o traiu sua voz.

— Bela utopia, meu caro.

— E seríamos humanos sem a utopia, doutor?

Após a entrevista com o imperador, estando tudo acertado — Pedro quis falar de sua nova programação, mas também nos cuidados a serem tomados para que, à morte do corpo, seu conhecimento fosse preservado — o Pena guiou seu tílburi a vapor em direção à zona sul da capital. Não foi para casa. Estacionou sob o outeiro da Glória e subiu para a igreja, mal se importando com o horário ou se a encontraria com as portas fechadas.

Suas lembranças em burburinho voltaram àquela manhã, há vinte e cinco anos, quando foi chamado às pressas pelo tutor do imperador até o Paço. Era de conhecimento de todos a constituição frágil do órfão da nação. Enfermiço, retraído, dado a febres e convulsões. Ainda assim, o Pena estranhou o chamado. Seu conhecimento de medicina, bem como suas parcas relações com a corte, não o habilitavam a ser consultado como médico do imperador. Havia passado pela faculdade de medicina sim, e também pela de Engenharia. Depois, vivera anos na Europa, a maior parte deles na França. Não fazia muito que retornara ao Brasil e, até aquela manhã, sua pretensão era a de voltar para a Europa tão logo se desembaraçasse do inventário de sua mãe.

Quem o recebeu, naquele dia, foi o Marquês de Itanhaém em pessoa. Com ele, apenas o médico-chefe da família real e Dona Mariana, a futura condessa de Belmonte. Sob as ordens do Marquês, o dr. Singaud descreveu o quadro de saúde do menino. As chances de sobrevivência diminuíam hora a hora. Pedro havia contraído uma febre cerebral das mais virulentas e Singaud, com sua junta de médicos, havia lavado as mãos.

— Tem ideia — disse o Marquês ao Pena — do caos que será a este país se o imperador morrer? Mal temos conseguido lidar com as revoltas das provinciais. Luís Alves mal tem dormido e o que vemos são revoltas se acumulando à nossa volta. A única

chance de continuarmos inteiros é o imperador e nós estamos para perdê-lo.

— Eu compreendo perfeitamente, senhor Marquês. O que não entendo é o que querem de mim.

Houve um pequeno mal-estar antes que Singaud voltasse a falar. O sotaque francês se carregava com a tensão.

— Soubemos de seus estudos.

A frase caiu no silêncio. Demorou até que o Marquês retomasse a palavra.

— Tudo o que lhe pedimos, doutor Pena, é que, se houver algo que possa salvar a vida do imperador, qualquer coisa, estamos dispostos a acolher o que o senhor sugerir.

Pena ainda perguntava a si mesmo por que concordara em ajudar, mas a resposta era óbvia. Sua vaidade jamais resistiria a tal chamado. Qualquer tentativa seria aceita. Ele poderia propor o que quisesse e o desespero faria os poucos conhecedores do caso aderirem completamente a qualquer plano seu. Depois que o Marquês e Dona Mariana se retiraram, ele e Singaud se debruçaram sobre ideias e alternativas. Um autômato só seria tentado em último caso, pois demandaria uma enorme logística e o Paço acabaria se convertendo em fortaleza de tamanho segredo. Não existia ainda tecnologia suficiente para que este pudesse ocupar o lugar do imperador sem levantar suspeitas.

Então, veio a ideia. Se era o cérebro do imperador que adoecia, por que não substituí-lo? Tão logo falou, Pena começou, numa espécie de frenesi, a desenhar a máquina. As engrenagens seriam complexamente ordenadas para decodificar os sentidos do imperador e devolvê-los como comportamento. Afinal, o jovem imperador deveria ser capaz de aprender. E, mantendo seu próprio corpo, continuaria a crescer como um homem. No futuro, poderia se casar e ter filhos e estes ainda seriam Alcântaras de sangue real. O Pena mal podia conter a empolgação que a ideia causava.

Singaud a acolheu, mas com menos entusiasmo. Não via qualquer outra saída. Chamado de volta à sala, o Marquês pouco entendeu, mas registrou que a ciência do Pena garantiria um imperador vivo e isto era suficiente. Dona

Mariana, no entanto, olhou o doutor com ódio mortal. Sua fé sofria. Foram dela as palavras que ainda perseguiam o Pena enquanto ele subia o outeiro da Glória e olhava sua igreja fechada. Eternamente fechada para aquela pergunta.

— E que vida será esta, doutor? O que será da alma dele? O que será das nossas? O que responderemos a Deus quando ele perguntar?

No entanto, Dona Mariana estava errada. Era Deus quem devia respostas.

Pois, se o homem de São Cristóvão não era um ser humano real e completo: com seu entusiasmo, sua sede de aprender, sua utopia, Pena não mais sabia o que um ser humano era ou deveria ser.

E, no entanto, a pergunta continuava: o que era feito da alma do imperador menino?

" Notei que minha mão esquerda morreu há duas noites. O frio se tornou mais intenso e meus dedos pararam de se mover, até que eu já não os sentisse mais pertencendo a mim. Não quero que meus queridos Florence e Jane descubram ainda, porém, agora, receio por minha mão direita. Sem ela, não poderei mais escrever e estarei fadada a olhar e pensar tão somente. Esse cárcere me aterroriza acima de todas as coisas. De que me adiantará respirar se a vida ficar assim? Até onde sei, tudo o que tenho feito nos últimos anos é escrever e respirar.

Não quero confessar a ninguém esta covardia que me fez ficar, enquanto os outros partiram para a eternidade. Por muito tempo, fui dando nomes às minhas recusas em segui-los. O fiz por meu filho, para não ser uma mãe ausente como a que não tive, pela memória de meu amado Percy, por meu pai. O fato é que sobreviver tem sido meu pecado há tanto e tanto tempo e, ao fim de tudo, tenho me mantido viva é pelas palavras que escrevo e pelo ar que me alimenta. Não posso prescindir das primeiras, já que este último não tem sentido algum.

Esta prisão de morte em vida que avança sobre mim me faz lembrar de Fanny e Claire todos os dias. Sempre achei que o desespero as tinha levado ao ato definitivo de por fim às suas existências. Eu lamentei e chorei minhas duas irmãs. Deplorei não poder ser para elas um esteio capaz de sustentar suas dores. Contudo, depois que perdi meu Percy, eu as odiei por seu egoísmo, por sua solução tão fácil. Se eu pensei em também chamar a Morte para me levar? Claro. Tantas e tantas vezes. Mesmo agora, quando contemplo a mão morta que jaz sobre meu colo é só nisso que penso.

Eu, porém, tinha meu pequeno e lindo Percy Florence e ele precisava de mim. Minha mãe nunca pôde estar comigo, mas não foi por sua escolha. Como poderia abdicar da possibilidade maravilhosa de ver meu filho crescer? Não depois dos outros, dos filhos que perdi. Não depois de ver William sem vida sobre *sua caminha e ter a pequena Clara morta em meus braços. Nunca desejei tanto morrer como naqueles dias. Que mãe não desejaria? Fiquei viva pela incapacidade de me mover até o veneno mais próximo ou à lâmina mais rápida. Afastei-me para tão longe quanto pude. Coloquei minha alma no alto de uma montanha e deixei apenas o rastro de mim sob as névoas da planície. Percy Florence salvou minha vida, mas não minha índole".*

Escrevi estas palavras em uma folha de papel solta. Não pretendia que ficassem presas ao meu diário. Eu as queria rasgar ao fim. Usei um dos papeis de carta de minha mesa por medo que meu filho ou nora pudessem vir a lê-las. Meu desabafo os faria sofrer e redobrar os cuidados que já me sufocavam.

Ambos têm me vigiado. Acham-me doente. Eles estão certos, é claro, estou morrendo. Contudo, esta doença não é como eles pensam, mas os dois já não confiam mais em minhas palavras, e nem aceitam o que digo. Tenho percebido coisas sumirem pela casa e os vejo apenas inquirindo os empregados. Ora, como se os empregados tivessem alguma culpa! Existem coisas piores rondando esta casa do que criados amigos do alheio. Eu sinto. Por vezes, até mesmo as vejo. Contudo, Florence e Jane já não me dão crédito da mesma forma. Beijam-me e me chamam de mãe querida, mas afirmam que esqueci o que fiz, que me perco em minha própria casa. Eu sei o que está acontecendo, eles não! Não me esqueço de nada. Pelo contrário, lembro-me de tudo. Tudo! Estou sozinha nesse mundo, eu bem sei, mas já não tenho a benção de deslembrar o que aconteceu, nem por minha vontade, nem fora dela.

Quando terminei de escrever, rasguei o papel de carta. Piquei-o em pedaços impossíveis de serem reconstituídos.

Estou certa de que o fiz. No entanto, na manhã seguinte, quando sentei à mesa em que escrevo, junto à janela, lá estava ele. Mal posso descrever o horror que isso me causou. Meu primeiro impulso foi correr pela casa e mostrar a todos, perguntar quem era o responsável por aquilo e por que, maldito seja, queria me atormentar? Então, olhei novamente a folha em minhas mãos. Como poderia ser minha letra, se o papel em que eu escrevera fora rasgado em centenas de pedaços? Entretanto, não pude diferenciar a letra do farsante da minha própria e isso me encheu de angústia. Quem seria tão cruel assim com uma viúva doente e à beira da morte?

Foi nesse instante que percebi que minhas palavras já não estavam mais solitárias sobre a folha avulsa. Ao fim delas, havia uma linha escrita por uma mão que não era a minha. Pensei reconhecer a letra, mas nunca a havia visto e disso tinha certeza. Era uma letra firme, masculina, de traço pálido e febril, como se promovida por um interesse muito maior do que ali me parecia expresso. Tratava-se de uma exortação, um pedido.

"Escreva mais sobre a mão que a senhora acha estar morta."

Tentei acalmar minha respiração, pois meu coração mal podia se sustentar a bater. De onde viriam aquelas palavras? De onde poderia vir tal curiosidade? Num impulso, voltei a rasgar o papel. Tive o cuidado de, desta vez, jogar seus pedaços dentro da lareira acesa e os observei consumir-se. Não mais escrevi por aquele dia. Vesti um xale pesado, no qual enrolei e escondi minha mão morta, e me juntei aos meus. A solidão não podia estar me fazendo bem. Aquela casa, sempre hostil a mim, por ter pertencido ao orgulhoso avô de meu marido, estava deixando entrar males com os quais eu me sentia incapaz de lidar.

No dia que se seguiu, um pavor incontrolável fez-me fugir de meu hábito de escrever todas as manhãs. Evitei a escrivaninha como quem evita um quarto escuro, varrido por ventos sem origem. Juntei-me a Jane, costurei, observei os criados, próximo ao meio dia, o sol fraco nos permitiu um pequeno passeio por nosso parque. Felizmente, o inverno ainda não havia trazido a neve que tanto me deprime. Conversamos sobre as flores que plantaríamos em abril e sobre os canteiros em que o faríamos. Depois, nos juntamos a Florence para o almoço e, não fosse pelo peso de carregar a mão que não mais me pertencia, de tudo mais teria me esquecido.

Foi com receio que retornei a minha mesa e só o fiz após me convencer de que nada de extraordinário havia, por certo, para manter-me afastada de minha principal ocupação e prazer. Não enquanto minha mão direita estivesse viva. Qual não foi meu horror ao encontrar lá, novamente, entre meus papéis de carta, o famigerado escrito? Todas as minhas confissões seguidas da frase anônima que, sem qualquer dúvida, não saíra de minha lavra. Pior. Havia outras sentenças, logo a seguir daquela primeira, dirigindo-se a mim, como numa conversa com um médico.

"Minha cara madame, eu posso ajudá-la. Permita-me fazê-lo antes que seja tarde demais. Fale-me sobre sua mão."

Num impulso dos mais loucos, molhei a pena e escrevi logo abaixo.

"Não podes deixar-me em paz? Pensas que há qualquer tipo

de cura para a Morte? Ela é tão incurável quanto a solidão e existe para que percebamos nosso real tamanho no computo de toda a criação. Somos mínimos, meu amigo. Apenas nossa arrogância e tristeza é que não têm fim. Se fossemos amados por algum tipo de criador, não teríamos sido abandonados à Morte, nossa única e inescapável certeza."

Descansei a pena. Que arroubo sem sentido responder àquelas misteriosas palavras grafadas por algum tipo de brinquedo cruel. É claro que eu não tinha resposta para o papel duas vezes destruído voltar a minha mesa, como não tinha sobre o desumano autor daquelas perguntas. Coloquei meus olhos na lonjura além da janela e, antes que pudesse deter a mim mesma, estava novamente com a pena na mão.

"Não há o que dizer sobre minha mão que não seja a clara descrição de uma peça cadavérica. Não há movimento ou cor. A pele pende flácida e amarelada, marcada com uma teia de aranha de vasos sanguíneos escuros, congelados. As pontas dos dedos estão cada vez mais escurecidas e imagino que logo possam brotar dela os vermes que a corroerão."

Terminei as palavras me sentindo destruída. Nem mesmo havia destapado meu braço esquerdo para descrever minha mão. Sabia como estava. Podia vê-la com os olhos da minha mente angustiada. A Morte me levaria os membros antes de levar minhas capacidades. No final, eu seria um cadáver habitado por um cérebro vivo, pensante, mas prisioneiro. Não saber por quanto tempo seria a sentença era toda a razão de meu desespero.

Num ato tão tresloucado quanto escrever uma resposta, eu nada fiz, desta vez, contra o papel. Pelo contrário, guardei-o dentro de um livro que está em minha companhia e sobre minha mesa há tantos anos que é quase parte de mim mesma: *O Paraíso Perdido*, de Milton.

Tinha certeza absoluta de que encontraria resposta no dia seguinte. E, do medo inicial, passei a uma estranha dependência de meu enigmático correspondente. Na manhã do outro dia, arrebatei-me a minha mesa antes de qualquer outra ação. Fui sequiosa como um náufrago em direção à única porção de terra que consegue enxergar num mar sem fim. As palavras haviam falado de ajuda e eu a queria. Meu desejo de Morte não sobrevivia a minha covardia, a minha vontade de vencer àquela que me roubara tantos. Minha resistência a ela era meu estandarte, minha revolta estampada com o sangue de meu marido, meus filhos, da mãe que não conheci. A Morte não cataria a mim sem luta. Travaria bom combate até o final.

Abri o Milton de capa vermelha e gasta com sofreguidão. Por um instante, achei que minha folha de papel de carta não estava ali, mas foi somente o desatino que me enganou. A página saltou às minhas mãos e eu fui direto ao seu final.

"Minha preciosa senhora, sabes como ninguém de meus conhecimentos e recursos. Creio que podemos reviver a vossa mão e impedir que outras partes de seu corpo possam perder-se para a Ceifadora. A eletricidade é hoje ainda mais eficiente do que na época da primeira experiência e os anos me fizeram mais cuidadoso e sábio, sem envelhecerem as minhas pretensões na mesma medida. Ainda sou um fiel cavaleiro na luta contra a finitude. Nós podemos vencê-la, minha querida mãe, se assim posso chamá-la."

Teria caído se já não estivesse segura em minha cadeira. O livro e o papel, no entanto, desabaram de minhas mãos. Sentia-me congelar, ao mesmo tempo em que uma pedra de tumba se depositava sobre o meu peito.

Victor.

Mas como? De que forma? Victor era um personagem imaginado. Sua única existência era em minha mente, depois, nas palavras escritas por mim e, finalmente, impressas. Não havia nenhum Victor Frankenstein! Como, então, ele poderia escrever-me? Sim, por que de quem mais seriam aquelas palavras? Quem mais ousaria oferecer a mim tal loucura? Quem teria conhecimento e estudo para tanto, falar de uma primeira experiência e ainda ter a petulância de chamar-me de mãe? Tentei me controlar enquanto buscava compreender a força daquelas palavras. Pois não sou eu mesma a mãe de Victor? E também de sua criatura?

Minha mão direita se fechou em punho enquanto meu cérebro explodia com aquela informação. Não, não havia como aquilo ser verdade. Estava perdendo-me como sugeriam Florence e Jane em sua preocupação. No entanto, outros pensamentos me vinham. Nem Victor, nem sua criatura me eram próximos no pensamento nestes últimos anos. Lembrava-me deles quase tão somente nos dias em que recebia os cheques de meu editor. Dos personagens que criei, era Lionel, meu errante e solitário homem desprovido de conexões humanas, aquele a quem mais me reportava. Nós dois éramos um. Criaturas de quem a Morte havia roubado tudo, surrupiando amores e amigos. A mesma Impiedosa que sempre parecia recusar-se a levar a ele e a mim.

Victor. Levei o resto do dia para poder crer. À noite, eu sabia que só ele poderia ajudar-me.

"O que propõe?"

Escrevi no papel, abaixo de suas últimas palavras. A resposta, como as outras, estava lá no dia seguinte.

"Uma terapia, madame. Creio que alguns choques, bem dosados, serão suficientes para manter seu corpo animado. Mesmo seu cérebro poderá beneficiar-se. Receio, porém, nada poder fazer pela a aparência de seus membros, pois pouco avancei nesta ciência. É possível trazer de volta a vida os membros mortos, mas ainda não me é possível fazer com que se pareçam com o que eram quando vivos. O importante, minha doce senhora, é mantê-la aqui."

Reli aquelas palavras tantas e tantas vezes. O que seria ficar mais tempo que a própria quadra que me fora designada? Estaria pronta para tornar-me a abominação que descrevi? E depois? Imaginei que, depois de algum tempo, prosseguindo esta vida, eu acabaria por perder meu Florence e a querida Jane. Manter-se-ia Victor ao meu lado? Não teria ele horror à criadora por ele recriada, como ocorrera antes? No entanto, seduzia-me e debatia-se em mim a louca vontade de continuar viva. De olhar nos olhos da Morte, desta inimiga sem piedade, e dizer que me negava a ela.

Somente antes de dormir, três dias depois, e após sentir que a Morte já levava minhas pernas lentamente, é que escrevi a resposta.

"Quando?"

"Depois da próxima nevasca, estarei esperando junto à antiga cabana de caça dos Shelley, há tanto abandonada. Escondido,

fiz lá meu laboratório. Venha ver-me. Estarei a sua espera."

Os dias que se seguiram foram de espera. Olhava o céu a cada hora e sentia que, mesmo que a neve viesse, eu não iria. Não faria o que Victor me propunha. Então minha mão pesava e as pernas em morte acelerada recusavam-se a subir uma escada ou erguer-se de uma cadeira e me via fraquejar. Morrer pode ser simples, mas quando isto é abençoadamente rápido. Eu, sempre odiada pelo Infinito, não recebi tal dom. Eu podia adivinhar a Morte vindo e rondando, como as sombras que andavam pela casa. Aquelas coisas más que roubavam quadros e escondiam livros e cristais, para, depois, Florence e Jane julgarem-me louca. Não bastava morrer aos poucos e me ver prisioneira de meu corpo, ainda devia lidar com a piedade e a descompostura que acreditam ser própria dos velhos. Se, ao menos, me concedessem as asas ligeiras, que deixam poucas cicatrizes e nenhuma dor. Ah, não, não para Mary. As dores seriam companheiras dessa prisão, pois quanto mais meu corpo falecia, mais minha cabeça doía continuamente, numa tortura sem fim.

Começou a nevar esta manhã. Minhas pernas já quase não me obedecem. Ainda questionava minha decisão, porém, Victor voltou a escrever-me. Tudo estava pronto e ele encontrava-se a minha espera. Determinei que partiria quando o último floco de neve caísse.

Percy Florence Shelley notou que sua mãe desaparecera de casa num entardecer. Ele e sua esposa Jane procuraram-na em vão pelos arredores e estavam prontos a notificar as autoridades, porém, a neve os impediu de, naquela mesma noite, prosseguir as buscas ou procurar auxílio. Na manhã seguinte, o grito de uma criada os levou ainda em roupas de dormir ao quarto que pertencia a Mary Godwin Shelley. Na cama, jazia morta a escritora. Os olhos tinham uma expressão de grande admiração, como se a última coisa vista tivesse sido uma grande maravilha. Florence e Jane perguntaram à criada o que havia ocorrido? Como Mary podia não estar em casa e, agora, aparecer daquela maneira? A mulher, sob forte tensão nervosa, relatou o que viu e que nunca mais foi repetido fora daquele quarto. A senhora Mary ali chegara pelos braços de um homenzarrão com feições fortemente deformadas e um cheiro nauseabundo de cemitério. A criada o surpreendera depositando o corpo da falecida sobre a cama. Ao vê-la, ele não se assustou ou recuou, apenas fez um breve carinho no rosto da morta e comentou.

– Eu não poderia deixar. Ele continua vivo e louco e... como poderia permitir que ela mergulhasse nesse pesadelo? Que o seguisse em seus desatinos? Não ela. Foi por isso que a trouxe aqui e a ajudei a partir. Já era a hora.

A voz tranquila, disse a criada, contrastava com as feições abjetas da criatura que, primeiro, a haviam deixado muda, mas, após estas palavras, a fizeram gritar pelos patrões. O homem, ou o que quer que fosse, fugiu pulando pela janela do terceiro andar e, como não se encontrou nenhum corpo, é de se imaginar que nada tenha sofrido.

Era primeiro de fevereiro de 1851.

AGRADECIMENTOS

Como nenhum livro nasce sozinho, aqui vai meu agradecimento sincero a todos os que vieram a fazer parte desse. O Guto (Luís Augusto Farinatti), meu parceiro, leitor e crítico, que adora a Boite. Carla Barbosa e Ana Paula Flores, as primeiras que se entusiasmaram com a ideia dessa personagem. César Alcazar, Duda Falcão e Erick Sama, os editores que me liberaram os contos que eu já havia publicado para que figurassem nessa coletânea. O Artur Vechi, meu atual editor, que topou colocar esses quatro contos na coleção *Fantasticontos*. Às minhas agentes Alba Milena e Guta Bauer pela leitura e incentivo para que Miss Boite ganhasse um espaço só dela. A Camila Fernandes que fez a linda arte da capa. A Camila Vilalba que revisou o texto e a Lu Minuzzi que pegou essa salada e transformou no livro que você tem nas mãos.

Nikelen Witter

2021

fantastiCONTOS

Fantasticontos é a marca da nova série de coletâneas de contos fantásticos publicada pela Avec Editora. Esta série, produzida pela escritora Nikelen Witter, irá reunir contos inéditos e/ou esgotados em suas publicações originais, mas agora conectados em obras de personalidade totalmente autoral. Como na música, mesmo que você já conheça alguns desses singles, a série Fantasticontos te convida a conhecer agora os álbuns em que eles estão inseridos e te afirma: a experiência será excitante e diferente. Com grande atenção ao design gráfico, os livros da série pretendem ligar o belo e o inspirador, ao texto sutil e desestabilizador da escritora, promovendo uma forma de leitura que quer aguçar seus outros sentidos. E, claro, te levar numa viagem fantástica! Boa jornada!

Veja mais em:
linktr.ee/NikelenWitter
instagram.com/nikelenw
facebook.com/nikelenwitterescritora
twitter.com/nikelenwitter
wattpad.com/nikelenwitter